AF553096

मासूम

मासूम

मंज़रनामा

गुलज़ार

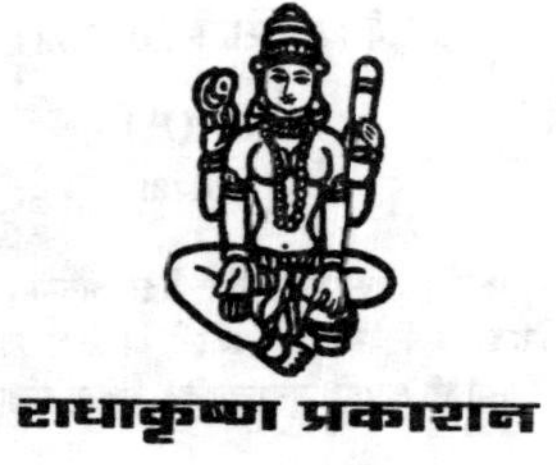

राधाकृष्ण प्रकाशन

ISBN : 978-81-8361-412-2

मासूम

पहला संस्करण : 2011
दूसरा संस्करण : 2023

मूल्य : ₹395

प्रकाशक
राधाकृष्ण प्रकाशन प्राइवेट लिमिटेड
जी-17, जगतपुरी, दिल्ली-110 051
शाखाएँ : अशोक राजपथ, साइंस कॉलेज के सामने, पटना-800 006
पहली मंजिल, दरबारी बिल्डिंग, महात्मा गांधी मार्ग, प्रयागराज-211 001
1, अनमोल सोराबजी संतुक लेन, धोबी तलाव, मरीन लाइंस, मुम्बई-400 002
वेबसाइट : www.radhakrishnaprakashan.com
ई-मेल : info@radhakrishnaprakashan.com

मुद्रक
विकास कंप्यूटर एंड प्रिंटर्स
ट्रॉनिका सिटी-201102

MASOOM
by Gulzar

देवी दत्त
और
शेखर कपूर
के लिए

दीबाचा

जो नज़र आता है, उसे मंज़र कहते हैं और मनाज़िर में कही गई कहानी का नाम मंज़रनामा है। अंग्रेज़ी में इसके लिए दो अल्फ़ाज इस्तेमाल होते हैं। एक स्क्रीनप्ले है, दूसरा सिनेरिओ (Scenerio)। दोनों तक़रीबन एक-से हैं लेकिन स्क्रीनप्ले में 'डिज़ॉल्व' और 'कट' और दूसरी तकनीकी हिदायतें भी लिख दी जाती हैं, जो डायरेक्टर की मदद करती हैं। इसमें 'सेट' यानी 'महल वक़ू' और मंज़र का वक़्त भी दर्ज किया जाता है। (यानी मंज़रनामा सुबह, शाम, रात या दोपहर, किस वक़्त का है) ये तफ़सीलात डायरेक्टर के लिए तभी ज़रूरी होती हैं, जब वह स्क्रीनप्ले को फ़िल्माता है। वरना ये तकनीकी हिदायत पढ़ने में रुकावट पैदा करती हैं। इसलिए आम कारी के पढ़ने के लिए सिनेरिओ ही ज्यादा मौजूँ है, ताकि वह उसे एक नॉवल की सूरत बिना किसी रुकावट के पढ़ सके। इसी का नाम मंज़रनामा है।

अदब में मंज़रनामा एक मुकम्मिल फ़ॉर्म भी है। जिसकी पहली मिसाल जो मेरी नज़र में गुज़री, वह डी. सैका का मंज़रनामा 'अमरीका अमरीका' था। इस डायरेक्टर ने वह मंज़रनामा पहले लिखा, शाया किया और बाद में इस पर फ़िल्म बनाई। अदब में बहुत से मुसन्निफ़ हैं जो अपने नॉवल भी तक़रीबन मंज़रनामे की शक्ल में लिखते हैं। शरत्चन्द्र के बेशतर नॉवल इस फ़ॉर्म के बहुत क़रीब हैं।

ये मंज़रनामे पेश करने का एक मक़सद कारी को इस फ़ॉर्म से मुतारिफ़ करना भी है और दूसरे यह कि टी.वी. और सिनेमा से दिलचस्पी रखनेवाले शायक़ीन यह देख सकें कि नॉवल को किस तरह मंज़रनामे की शक्ल दी जाती है। मेरे लिए ये एतराफ़ करना ज़रूरी है कि मैं मंज़रकशी पर किसी महारत का दावेदार नहीं—कोई दूसरा

दूसरा डायरेक्टर या मुसन्निफ़, हो सकता है मुझ से बेहतर मंज़रनामा तख़लीक कर ले।

मंज़रनामा का अन्दाज़े-बयान अमूमन ओरिजनल कहानी से अलग हो जाता है इसलिए वह अस्ल कहानी या नॉवल या सवानेह उमरी का Interpretation बन जाता है, जिसकी मिसाल चन्द मशहूर फिल्मों से दी जा सकती है जैसे 'अनारकली' और 'मुग़लेआज़म' एक ही ड्रामे को माखूज़ किए गए हैं। 'देवदास' जितनी बार बनी, और कई ज़बानों में बनी, उसका मंज़रनामा बदलता रहा। टी.वी. की आमद से मंज़रनामों की ज़रूरत में बहुत इज़ाफ़ा हो गया है। छोटे-छोटे अफ़सानों के मंज़रनामे भी लिखे जाने लगे हैं। अहमद नदीम कासमी, राजिन्दर सिंह बेदी, भीष्म साहनी, मुंशी प्रेमचन्द और दूसरे बेशुमार अदीबों के अफ़सानों पर काम हो रहा है। बहुत से सीरियल सीधे मंज़रनामों में लिखे जाते हैं। टी.वी. की फिल्मों के लिए चूँकि वक़्त की पाबन्दी (तवालत, Duration) का लिहाज़ रखना पड़ता है। इसलिए मंज़रनामों के लिए अक्सर अदब से लिए गए मशहूर अफ़सानों को कभी मुख़्तसर करना पड़ता है, कभी फैलाव देना पड़ता है।

मुझे उम्मीद है कि मेरी यह कोशिश दूसरों के लिए कारआमद साबित होगी और दूसरों के तजुर्बों से मुझे फ़ायदा होगा—कोई नई राह खुलेगी, कोई नई बात पैदा होगी।

मासूम

शेखर ने आते ही एक नॉवल का नाम लिया!

Man, Woman and...

और फिर कहानी तो नहीं, लेकिन आईडिया सुनाया–और कहा "नॉवल लाकर दूं। पढ़ेंगे?" "नहीं!" मेरे हाथ में और बहुत कुछ था। मैंने कहा, "कहानी की ज़मीन अच्छी है। मैं कुछ लिख लूं। फिर पढ़ लूंगा।"

मैंने अपनी तरह एक कहानी गढ़ी। स्क्रिप्ट (Script) भी लिख ली। मैंने सुनाई और कहा "अब ला दो नॉवल। पढ़ लूंगा।"

"मत पढ़िए! ये कहानी बहुत मासूम है। वो नहीं है!!"

उसके बाद आज तक वो नॉवल नहीं पढ़ा!!

–गुलज़ार

मासूम

अस्पताल के कोरीडोर में एक बेंच पर बूढ़ा-सा आदमी सोच में खोया हुआ था। उसी वक़्त एक नर्स उनके क़रीब आई और छू कर बोली।

"आप को बुला रही हैं, आप से बात करना चाहती हैं, जल्दी चलिये।"

वो शख़्स तेज़ी से उठा, और नर्स के साथ चल पड़ा।

एक लड़का, आठ-दस बरस का तेज़ी से पहाड़ी रास्तों को उबूर करता अस्पताल में दाख़िल हुआ। और दौड़ता हुआ एक कमरे में चला गया। अन्दर बेड पर एक वजूद को सफ़ेद कपड़े से ढक दिया गया था। और वो बूढ़ा शख़्स सिर झुकाये बैठा था। लड़का धीरे-धीरे बेड की तरफ़ बढ़ने लगा तो बूढ़े शख़्स ने उसे पकड़ कर उसके सिर को सहलाया।

अस्पताल के दूसरे कमरे में, बूढ़ा शख़्स किसी पेपर पर दस्तख़्त कर रहा था, और सामने बैठा हैड क्लर्क कह रहा था।

"भावना जी की वसीयत के मुताबिक़ अब उनके बेटे राहुल की सारी ज़िम्मेदारी आपको सौंप दी गई।"

माहौल में एक ख़ामोशी फैली थी। खिड़की के पास खड़ा राहुल भी ख़ामोश देख रहा था।

क्लर्क ने फिर पूछा।

"...आप उनके रिश्तेदार हैं क्या?"

"जी नहीं।"

"उन्हें बहुत पहले से जानते हैं?"

"जब से वो स्कूल में थी।"

"उन्होंने जो भी जायदाद अपने बेटे के नाम छोड़ी है उसे ट्रस्ट में रख दिया गया है। सारे काग़ज़ात तैयार हो जाने पर आपको भिजवा दिये जाएंगे।"

राहुल अभी भी खिड़की के पास खड़ा था।

"अब आप बच्चे को कहां ले जाएंगे?"

"नैनीताल।"

"वहां आप का परिवार है?"

"नहीं, मैं अकेला रहता हूं।"

"इस उम्र में-एक छोटे बच्चे को संभाल लेंगे? मेरा मतलब...इसका बाप...नहीं है क्या?"

फिर एक ख़ामोशी-मास्टरजी ने एक ख़ामोश नज़र राहुल की तरफ़ डाली, जो चुपचाप खड़ा आसमान को तक रहा था।

"ख़ैर...काग़ज़ात तैयार होते ही, आपके पास पहुंचा दिये जाएंगे।"

बूढ़े मास्टरजी अपनी छड़ी के सहारे खड़े हुए और आहिस्ता-आहिस्ता क़दम उठाते राहुल की तरफ़ बढ़े और उसे लेकर कमरे से निकल गए।

पहाड़ी के पीछे-एक चिता जल रही थी। दूर खड़े मास्टरजी और राहुल चिता को जलता देख रहे थे।

एक बंगले में, पांच साला एक बच्ची मिन्नी, एक कुत्ते के पिल्ले से डर के इधर-उधर भाग रही थी। और पिल्ला उसके पीछे-पीछे दौड़ रहा था। वो डर कर डायेनिंग टेबल पर चढ़ कर बैठ गई। पिल्ला ऊपर चढ़ने की कोशिश कर रहा था। ये देख कर उसने चिल्लाना शुरू कर दिया।

''रिंकी...रिंकी दीदी।''

आवाज़ सुन कर एक दस बारह बरस की लड़की उसके क़रीब आई और उसे सहमा हुआ देख कर पूछने लगी।

''क्या हुआ...?''

''इसे हटाओ...इसे...हटाओ।''

रिंकी ने जाकर कुत्ते के बच्चे को बड़े प्यार से गोद में ले लिया।

''कौन लाया इसे?''

''पापा लाये हैं।''

''इतने छोटे से कुत्ते से डरती हो?''

''नहीं...मैं डरती नहीं।''

''नहीं डरती तो...देखो अभी...''

रिंकी ने दो क़दम आगे बढ़ाया मिन्नी को डराने के लिये। मिन्नी डर के पीछे हटी

तो उसकी टक्कर से गुलदस्ता नीचे गिर कर टूट गया। मिन्नी ने घबरा कर रिंकी को देखा।

डी.के. अपने ऑफ़िस में किसी बिल्डिंग के मॉडल के बारे में अपने साथियों से बात कर रहा था। फ़ोन की घंटी बजी।

"इस पॉएंट से लेकर उस पॉएंट तक रेम्प का प्रोनियुजन करना चाहिए था। कहां है वो?"

फ़ोन की घंटी बज रही थी। डी.के. ने फ़ोन उठाया। दूसरी तरफ़ दोनों बच्चियों के झगड़ने की आवाज़ आ रही थी।

"धीरे बोलो बेटे, क्या बात है?...हां! मम्मी कहां हैं?...क्या, कुत्ता तंग कर रहा है?...ठीक है, ठीक है, मैं उनके पहुंचने से पहले ही पहुंच जाऊंगा। आया बेटे।

साथ बैठे साथियों ने मुसकरा कर देखा। एक ने कहा।

"मेरी बीवी को कुत्तों से बहुत प्यार है।"

"हां...मेरी को बिल्कुल नहीं है।"

डी.के. की बीवी इन्दू ढेर सारा सामान ख़रीद कर घर पहुंची और डायेनिंग टेबल पर सारा सामान रख दिया। सामने सोफ़े पर डी.के. और दोनों बच्चियां बैठी थीं। इन्दू ख़ुद ही बुड़बुड़ कर रही थी।

"इस ट्रैफिक में जाना पड़ जाए, चार बजे से निकली हूं।"

साथ ही बैग में से कुछ निकाल रही थी।

"ये तो तुम लोगों की क़लम पेन्सिल आ गई है।"

डायेनिंग टेबल को देख कर।

"यहां का गुलदान कहां गया?...किस ने उठाया?... अब्दुल ज़रा पानी देना।"

सोफ़े पर तीनों बाप बेटियां बिल्कुल ख़ामोश थे। उन्हें ऐसे चुप देखा—इतने में अब्दुल पानी लेकर आया। पानी पीने के बाद अब्दुल से ही पूछा।

"यहां का गुलदान कहां गया?"

"मुझे नहीं मालूम।"

"इस घर में किसी को कुछ मालूम नहीं रहता, है ना!"

फिर डायेनिंग टेबल पर से सारा सामान उठा कर अपने कमरे में ऊपर जाने लगी तो बड़ी बेटी रिंकी क़रीब आई।

"ये लो तुम्हारी कॉपी।"

डायेनिंग टेबल पर फिर नज़र गई तो पूछा।

"यहां केकट्स किस ने रखा?...और यहां का फ़ोटो फ़्रेम?...कहां गया?... बेला...ओ बेला, जब देखो ग़ायब रहती है, घर में क़दम ही नहीं टिकता उसका..."

बड़बड़ाती हुई सीढ़ियां चढ़ने लगी। फिर पलट कर सोफ़े पर बाप बेटियों को देख कर पूछा।

"आप लोग इतने चुपचाप क्यूं बैठे हैं?"

मिन्नी हंस पड़ी—रिंकी ने रोका। डी.के. ने जवाब दिया।

"लो, घर में चुपचाप नहीं बैठ सकते, शराफ़त से।"

मिन्नी की फिर हंसी छूटी।

"हूं! आप लोगों की शराफ़त, मैं ख़ूब जानती हूं।"

कहते कहते वो बेडरूम के दरवाज़े पर पहुंच गई। मिन्नी ने डी.के. से आहिस्ता से कहा।

"पापा, हम लोगों की चोरी अभी पकड़ी जाएगी।"

डी.के. तेज़ी से उठा और कहने लगा।

"ओह...इन्दू...बेडरूम में जा रही हो...क्या?"

इन्दू वहीं रुक कर पलटी।

"तो..."

"मुंह धोने जा रही हो?"

"क्यूं?..."

"मैंने सुना है, ज़्यादा मुंह धोने से स्किन ख़राब हो जाती है।"

"ओह! कहां सुना?"

"वो...मिन्नी कह रही थी।"

"मैं कहां कह रही थी...वो...वो दीदी कह रही थी।"

"मैं कहां कह रही थी...वो...मैंने रेडियो पर सुना था।"

"तुम लोगों को क्या हो गया है?"

इन्दू कमरे की तरफ़ मुड़ गई–मिन्नी ने धीरे से कहा।

"पापा...अब तो फंस गए।"

"हां...!"

तभी एक शोर सुनाई दिया। कुत्ते के पिल्ले की भोंकने की और इन्दू के चिल्लाने की-सीढ़ियों से पिल्ला नीचे की तरफ़ भाग रहा था और पीछे पीछे इन्दू चिल्लाती हुई।

"डी.के. भगाओ इसको...कौन...? कौन लाया इसको?...लाया कौन?...मैं पूछती हूं लाया कौन?"

पिल्ला भाग कर दूसरी तरफ़ निकल गया और इन्दू गुस्से में उन तीनों के पास पहुंची। डी.के. से पूछा।

"लाया कौन इसे?"

"हूं..."

"मैं पूछ रही हूं लाया कौन था इसे?"

डी.के. के पीछे दोनों बच्चियां छुप रही थीं।

"चलो भाई छोड़ो ना।"

डी.के. ने पिल्ले को उठाया और डायेनिंग हॉल के बाहर निकल गया। इन्दू गुस्से में बड़बड़ा रही थी।

"मुझे मालूम था।"

मिन्नी ने मां से कहा।

"मम्मी...मम्मी...रख लो इसे।"

"चुप कर।"

रात के वक़्त-डी.के. अपने बिस्तर पे लेटे कुछ पढ़ रहा था। ड्रेसिंग टेबल के आइने के सामने खड़ी इन्दू अपने बालों में कंघी कर रही थी और बड़बड़ाती जा रही थी।

"एक फ़ोटो फ़्रेम तोड़ा, एक फुलावर पौट तोड़ा, पर्दा फाड़ा...ये तो पहले दिन का कमाल था। थोड़े दिनों में तो पूरे घर को उजाड़ के रख देगा। रखेगा कौन संभाल के?"

"पट्टा बांध के रख लेंगे।"

"कोई ज़रूरत नहीं। कहा किस ने लाने को, बेला भी नहीं है। जब देखो ग़ायब रहती है। मैं उस कुत्ते को नहीं रहने दूंगी। कह देती हूं मैं।"

डी.के. की तरफ़ देखा जिसने पुराने क़िस्म का चश्मा लगा रखा था।

"कितनी बार कहा है ये चश्मा उतार के फेंको।"

"तो पढूंगा कैसे?"

"पूरे चपरासी लगते हो।"

इन्दू ने डी.के. के क़रीब जाके आंखों से चश्मा निकाल कर रख दिया।

"ये क्या?"

"पीठ का दर्द कैसा है?"

"अभी तो ठीक है। एक साइट पे दो तीन घंटे खड़ा रहा।"

"लाओ मल दूं।"

डी.के. उल्टा हो गया। और इन्दू उसकी पीठ दबाने लगी।

"क्या ज़रूरत है इतना काम करने की?"

"तुम्हारे लिये, और बच्चों के लिये करता हूं काम।"

डी.के. ने प्यार से कहा। इन्दू हंस पड़ी और एक चपत पीठ पे लगा दी।

"काम करने का शौक़ है तुम्हें। सब कुछ तो है हमारे पास।"

"सब कुछ तो नहीं है।"

"क्या नहीं है?"

"हीरों का हार नहीं है।"

"किसे चाहिए हीरों का हार?"

"ओहो...कान्ता के हार को इतनी ललचाई नज़रों से क्यूं देख रही थी?"

"हूं! मैं तो इसलिए देख रही थी, कितना भद्दा हार पहने हुए थी।"

डी.के. ने छेड़ते हुए कहा।

''चलो हार नहीं...पति तो उसके ही तरह का चाहिए।''

''कोई 'कोहे-नूर' लाके दे, फिर भी सूरी साहब जैसा पति नहीं चाहिए।''

''तो कैसा पति चाहिए?''

डी.के. ने झुक कर पूछा।

''है ना मेरे पास।''

''है तो सही लेकिन कभी तारीफ़ भी किया करो।''

डी.के. इन्दू की बग़ल में लेट गया।

''इन्दू...एक बात कहूं...उस पति को भी...''

इन्दू डी.के. के इरादे को समझ कर उठ बैठी हंसते हुए।

''चालाक बन्दर।''

और कमरे से निकल गई।

सुबह के वक़्त, डी.के. और बच्चियां सभी तैयार थे और डायनिंग टेबल पर नाश्ता कर रहे थे। बच्चे दूध पी रहे थे। मिन्नी दूध में से मलाई निकाल रही थी—उसे पसन्द नहीं थी।

''छी...मैं नहीं पीती इसमें मलाई है।''

डी.के. की टाई इन्दू ठीक कर रही थी।

''कोई मलाई वलाई नहीं, दूध पियो अपना।''

इन्दू टाई ठीक कर रही थी और डी.के. कॉफ़ी का कप उठाना चाह रहा था।

''हाथ नीचे रखो ना।''

''हाथ नीचे रखूं तो कॉफ़ी कैसे पियूंगा?''

''तो वो हाथ यूज़ करो ना।''

मिन्नी ने कहा।

"पप्पी–पापा का नाम रख दो ना।"

रिंकी ने चिढ़ाया।

"स्टूपिड पापा, पप्पी का नाम रख दो।"

"यू स्टूपिड।"

दोनों लड़ने लगीं। इन्दू ने डांटा।

"सुबह सुबह तुम दोनों लड़ो मत।"

इन्दू अभी तक डी.के. की टाई ठीक कर रही थी।

"कॉफ़ी पीने दो ना।"

मिन्नी समझ नहीं पाई कि पापा ने किसे कहा–बोल पड़ी।

"नहीं...वो दूध पीता है। कॉफ़ी नहीं।"

"मैं पप्पी...पापा की बात कर रहा हूं।"

"नाम रखो ना उसका।"

रिंकी ने कहा।

"स्टूपिड।"

"वो भी कोई नाम होता है?"

डी.के. ने कॉफ़ी का आख़िरी घूंट लेते हुए कहा।

"मिन्नी रखने से गड़बड़ हो जाएगी। कुत्ते को बुलाएंगे तो आप दौड़ी आएंगी। आपको बुलाएंगे तो कुत्ता दौड़ा आएगा।"

डी.के. डायेनिंग टेबल से उठा। पास रखा कोट उठाया। इन्दू किचन में खड़ी थी बोली।

"जब रखेंगे ही नहीं तो नाम ढूंढ़ने से क्या फ़ायदा।"

डी.के. और बच्चियां हॉल से निकल कर बाहर जा रहे थे। डी.के. बच्चियों को छोड़ता हुआ ऑफ़िस जाता था–इन्दू ने पीछे आते हुए पूछा।

"आप लोगों ने अपने अपने विटामिंस ले लिए ना?"

तीनों ने पलट कर इन्दू को देखा, डी.के. ने पूछा।

"ले लिया ना?"

इन्दू ने कहा।

"मैं आप से कह रही हूं।"

"हां...ले लिये।"

पास खड़ी मिन्नी ने अपनी हथेली खोली जिस में विटामिंस की गोली थी जो पापा की थी।

"पापा, आप झूठ बोलते हो।"

डी.के. ने झट से गोली उठा ली और मुंह में डाल ली। और बग़ैर पानी के निगल गया।

बच्चे हंस पड़े। इन्दू ने कहा।

"शाम को सूरी साहब की पार्टी में जाना है। भूलना नहीं।"

बच्चियां मां को बॉय-बॉय कहते कार में बैठ गईं। डी.के. ड्राइविंग सीट पर। इन्दू खड़ी देखती रही जब तक कार घर के बाहर नहीं निकल गई।

सूरी साहब का बंगला, शाम का वक़्त, सूरी साहब के बंगले में पार्टी चल रही थी। सभी लोग हाथों में गिलास लिए शगल कर रहे थे। मर्द औरतें सभी शामिल थे। एक खुशनुमा माहौल सजा था। सूरी साहब अपने दोस्तों से घिरे कुछ सुना रहे थे।

"एक लकड़ी का हौदा, जिसमें गर्म-गर्म पानी होता है। उसमें आपके होस्ट और उनकी बीवी और आप आदम ज़ाद नंगे। गर्म-गर्म पानी और मालिशे। कभी इधर गुदगुदी-कभी उधर गुदगुदी।"

सभी सुन कर हंस रहे थे और कहानी का मज़ा ले रहे थे। उसी वक़्त सूरी साहब की पत्नी ने आकर कान में कुछ कहा। सूरी साहब ने मेहमानों से एसक्यिूज़ किया।

"एक मिनट।"

और दूसरी तरफ़ चल दिए। डी.के. और इन्दू साथ-साथ पार्टी में आए। इन्दू ने डी.के. की टाई देखकर कहा।

"टाई तो ठीक करो।"

"ठीक तो है।"

सूरी साहब और उनकी पत्नी ने उन्हें रिसीव किया।

"अरे ओ...लेट लतीफ़...तू आ ही गया।"

दोनों दोस्त गले मिले। पत्नियां भी एक-दूसरे से मिलीं। दोनों दोस्त एक साथ आगे बढ़े तो इन्दू ने पीछे से आवाज़ दी।

"सूरी साहब एक मिनट। सुनो जी, ज़्यादा शराब नहीं पीना।"

सूरी साहब ने कहा।

"सवाल ही नहीं होता।"

"सवाल ही पैदा नहीं होता। दो ही पैग में टून हो जाते हैं।"

दोनों दोस्तों ने एक साथ कहा।

"नो ड्रिंकिंग टू डे।"

इन्दू ने पति का हाथ पकड़ कर मुस्कराते हुये कहा।

"सब कुछ लिमिट में डी.के. समझे।"

"बिल्कुल लिमिट में।"

दोनों औरतें दूसरी तरफ़ चल दीं। दोनों दोस्त आगे बढ़ गए। फिर रुक कर सूरी साहब ने शरारती लहज़े में कहा।

"पहले एक पटियाला-फिर..."

वेटर को आवाज़ दी।

"एक शैमपियन दो साहब को।"

वेटर आ गया। डी.के. बोला।

"पटियाला बाद में..."

औरतों के झुंड में इन्दू ने सूरी की पत्नी से कहा।

"इतने लोग होंगे, अन्दाज़ा नहीं था।"

"बस ऐसे ही..."

सूरी साहब कई लोगों से डी.के. को मिलवा रहे थे। उनमें कुछ ख़ास थे, और डी.के. को समझा रहे थे।

"डी.के. कॉन्टेक्स्ट मींस कॉन्टेक्स्ट। काम की बातें करो। जिस से मिलो।"

पार्टी में एक फ़िल्म प्रोड्यूसर और डायरेक्टर भी थे। जिन्हें कुछ औरतें घेरे खड़ी थीं। यहीं पर इन्दू और सूरी साहब की बीवी भी थी। सूरी साहब का बेटा जो आठ-दस बरस का था। मां के पास आया।

"बेटे...ये अंकल है ना फ़िल्म बनाते हैं। वो शोले के डायलोग हैं ना, सुना दो ना।"

सूरी साहब का बेटा बग़ैर झिझक के सुनाने लगा।

"कितने आदमी थे?"

"सरकार दो और तुम तीन। फिर भी ख़ाली हाथ लौट आए।"

सूरी की बीवी ने प्रोड्यूसर से कहा।

"अच्छा बोल लेता है ना।"

इन्दू आगे होकर एक और औरत से मिली। जिसे वो जानती थी, दोनों गले मिले।

"हैलो चंदा।"

"हाय!"

"तुम परसों फ़ोन करने वाली थीं? क्या हुआ?"

"क्या करती काम में बिज़ी थी।"

चंदा ने अपने पर्स से सिगरेट निकाली और जला कर पीने लगी।

"जब देखो, काम में लगी रहती हो। तुम तो छोड़ने वाली थी सिगरेट।"

"कल से।"

"कल से।"

दोनों आगे बढ़ीं। दूसरी तरफ़ सूरी साहब डी.के. को अपने दोस्तों से मिलाते हैं। इन्दू और चंदा, सूरी साहब की बीवी से मिलीं। सूरी की बीवी ने इन्दू के झुमके देख कर कहा।

"हाये...ये तो वही हैं, जो शीतल की पार्टी में पहने थे। बहुत सुन्दर हैं।"

चंदा ने पूछा।

"शारदा नहीं आई?"

"बुलाया तो था। लेकिन उसकी हालत तो तुम जानती हो?"

"इडियट, जब देखो रोती है। वो भी हेसबंड से मुंह छुपा के। न लड़ कर प्रोटेस्ट करती है और न रो कर।"

"मतलब...?"

पार्टी का रंग धीरे-धीरे और रंगीन होने लगा। सभी इंजॉय कर रहे थे। एक तरफ़ डी.के. और सूरी साहब भी एक-एक पैग लिये हुए, पुरानी वातें याद करते हुए।

"हाए...हाए...उस ज़माने में, याद है तुझे डी.के... तेरी तो एथेलेटिक लेज़म और मेरा शायराना पन, उस पर कितनी लड़कियां मरती थीं।"

एक कोने में इन्दू और चंदा बातें कर रही थीं।

"मेजर साहब से कुछ बात हुई..."

"कुछ नहीं...वो सब भूल जा।"

"तुम भूल गईं क्या?"

"क्यूं फ़िक्र करती हो?...ठीक तो हूं। ठीक नहीं लग रही?"

चंदा का माज़ी जो इन्दू और चंदा डिस्कस कर रही थीं।

सूरी साहब मस्ती में शायरी कर रहे थे। दोस्त इंजॉय कर रहे थे।

"अंगड़ाई न ले, हाथों को उठा कर, सीने से तेरे देख, दुपट्टा न ढलक जाए।"

डी.के. बोल पड़ा।

"यार तुझे याद है, एक ग़ज़ल थी।"

"हुज़ूर इस क़दर, इतरा के भी न चलिए।"

"हो जाए–यू स्टार्ट।"

"यस।"

गले को साफ़ करते हुए डी.के. ने कहा।

"यार सूरी, ऐसा है मेरा ज़रा गला ख़राब है।"

"नख़रे, हूं..."

"नहीं...नहीं...यू स्टार्ट। योर वाईज़ इज़ बेटर वाईज़।"

"आई गो टू बेटर वाईज़।"

"ऐसा कर तू शुरू कर मैं ज्वॉइन करता हूं।"

"आ..."

"ऐसे नहीं...आलाप के साथ।"

और सूरी ने सुर को पकड़ा, लगा गुनगुनाने।

"आ...आ..."

डी.के. भी शुरू हो गया।

हुज़ूर इस क़दर भी न इतरा के चलिए
खुलेआम आंचल न लहरा के चलिए
कोई मनचला गर पकड़ लेगा आंचल
ज़रा सोचिये आप क्या कीजिएगा

लगा दे अगर बढ़ के ज़ल्फ़ों में कलियां
तो क्या अपनी ज़ुल्फ़ें झटक दीजिएगा
हुज़ूर इस क़दर न...

बड़ी दिलनशीन है हंसी की ये लड़ियां
ये मोती मगर यूं न बिखराया कीजिए
उड़ा के न ले जाए झोंका हवा का
हुज़ूर इस क़दर न...

बहुत ख़ूबसूरत है हर बात लेकिन
अगर दिल भी होता तो क्या बात होती

लिखी जाती फिर दास्ताने मोहब्बत
इक अफ़साने जैसी मुलाक़ात होती
हुज़ूर इस क़दर भी न इतरा के चलिए

सरकारी अस्पताल के ग्राउंड में एक एम्बोलेंस आकर खड़ी हुई। दूर कोरीडोर में इन्दू बहुत तेज़ी से अन्दर की तरफ़ जा रही थी। सामने से चंदा आती हुई उसे मिल गई। जो शारदा के पास से आई थी। शारदा दोनों की सहेली थी। इन्दू ने पूछा।

"अब कैसी तबीयत है?"

"पता नहीं।"

दोनों साथ ही शारदा के कमरे में पहुंचे। शारदा को ग्लूकोज़ चढ़ाया जा रहा था। उसकी आंखें बंद थीं। दोनों उसके बेड के क़रीब जाकर खड़ी हो गईं। इन्दू ने पुकारा।

"शारदा..."

शारदा ने आंखें खोलीं और उन्हें देखकर रो पड़ी। इन्दू ने तसल्ली दी।

"बस...बस..."

चंदा से शारदा की ये हालत देखी नहीं जा रही थी। वो गुस्से से बोली।

"क्या मिला तुम्हें, नींद की गोलियां खा के?...कुछ हल हुआ नहीं। अगर कुछ करना ही था, तो अपने पति को नींद की गोलियां खिला देती। या तो उसको, जो उसने दूसरी रख ली है। तुम्हारे मरने से, तुम्हें क्या मिलेगा...?"

"चुप करो चंदा। ये कोई वक़्त है ऐसी बात करने का?"

शारदा को इन्दू चुप कराती रही। तभी शारदा के पति कमरे में आ गए। उसे देख कर चंदा ने कहा।

"आ गए हो...अब क्या लेने आए हो?...इस हद तक ले आए हो शारदा को...अब क्या करना चाहते हो?"

इन्दू ने समझाना चाहा।

"चुप करो चंदा।"

"तुम चुप रहो। क्यूं चुप रहूं। किसी को तो बोलना पड़ेगा। शारदा की तरह सब चुप बैठ जाएं...ये जनाब जो मरज़ी आए करते रहें।"

"चलो चंदा...हम चलते हैं।"

इन्दू ने चंदा का हाथ पकड़ा और कमरे से बाहर निकल गई। शारदा के पति चुपचाप खड़े रहे। नर्स अपना काम करती रही। कमरे से बाहर निकल कर इन्दू ने गुस्से से चंदा को डांटा।

"कुछ सोच समझ कर बात किया करो।"

"अगर तुम्हारे साथ हुआ होता तो, तुम सोच समझ के बात करतीं क्या?"

चंदा गुस्से में कह कर आगे बढ़ गई। इन्दू एक लम्हे के लिये चुपचाप उसे जाते देखती रही।

रात के वक़्त, डी.के. अपने कमरे में बिस्तर पर उल्टा लेटा हुआ था और इन्दू उसकी पीठ दबा रही थी। दोनों लड़कियां वहीं खेल रही थीं। इन्दू, शारदा के बारे में बता रही थी।

"नींद की गोलियां खा लेने से मुश्किल थोड़े ही हल हो जाती है।"

"उसका हैसबेंड भी पागल है। बाल बच्चे होते हुए, कैसे भटक जाते हैं?...शादी की ज़िम्मेदारी उठाई जाती नहीं तो, शादी क्यूं कर लेते हैं।"

दोनों बच्चियां उनके पास आ गईं। मिन्नी मम्मी पर चढ़ कर झूलने लगी और सवाल किया।

"मम्मी, मैं मिन्नी न होती तो...?"

"तो मिन्नी की जगह मुन्ना होता।"

"मेरा भैया।"

रिंकी ने चिढ़ाया।

"तुम्हारा नहीं, मेरा भैया।"

"क्यूं, मेरा भी तो होता?"

"स्टूपिड, तुम तो पैदा ही नहीं होती। तुम्हारा कैसे होता?"

"यू स्टूपिड।"

डी.के. ने टोका।

"बड़ी दीदी से ऐसे नहीं कहते।"

"तो छोटी दीदी से ऐसा कहते हैं?"

रिंकी उसे मारने लपकी। मिन्नी मां को छोड़कर भागी। आगे मिन्नी पीछे रिंकी। मिन्नी पतंग के चारों तरफ़ दौड़ रही थी। इन्दू ने मिन्नी को बचाने के लिये गोद में उठा लिया।

"बस...बस...अब झगड़ा नहीं।"

रिंकी ने कहा।

"चल..."

"जाओ...जाओ अपने कमरे में।"

दोनों बच्चियां चली गईं। डी.के. अभी तक वैसे ही उल्टा लेटा किताब पढ़ रहा था। इन्दू ने बच्चियों को जाते देखा फिर डी.के. की तरफ़ देखा। एक खुशहाल परिवार था। वो मुस्कराने लगी और फिर डी.के. की पीठ दबाने लगी।

"इन्दू...अगर तुम्हारा एक मुन्ना होता तो?"

"एक है ना।"

"कहां...?"

डी.के. हैरत से पलटा। इन्दू ने मुस्कराते हुए उसके बालों को प्यार से पकड़ कर कहा।

"ये है ना।"

"यू आर लक्की।"

"क्यूं...?"

"तुम्हारा तो है। मेरा नहीं।"

पहाड़ों की घाटी, दूर तक पहाड़ी सिलसिला चला गया था। बीच में एक छोटा-सा गांव। गांव के पोस्ट ऑफ़िस में वही बूढ़े मास्टर जी राहुल के साथ आए थे और पोस्ट मास्टर से पूछ रहे थे।

"हरी भाई, तुम बताते भी नहीं कि हमारी चिट्ठी का कोई जवाब आया भी कि नहीं?"

"जवाब आता तो, तुरंत पहुंच जाता मास्टर जी। आप इतनी चिन्ता क्यूं करते हैं?"

"चिन्ता तो है बेटा, इस लड़के के लिए। मेरा क्या भरोसा, इस बार उसे तार भिजवा दो।"

मास्टर जी ने एक काग़ज़ निकालकर पोस्ट मास्टर को दिया।

"आप अपना ठीक से इलाज करवाइए मास्टर जी।"

"बुढ़ापे का कोई इलाज होता है पोस्ट मास्टर जी।"

"मास्टर जी आप ऐसी बातें क्यूं करते हैं?"

"जाओ जल्दी से तार भिजवा दो।"

पोस्ट मास्टर डाक ख़ाने में गया और मास्टर जी राहुल को खेलते देखने लगे।

इन्दू कोई चिट्ठी पढ़ते हुए, सीढ़ियों से ऊपर अपने बेडरूम में आई, जहां डी.के. ऑफ़िस जाने की तैयारी कर रहा था। इन्दू ने बताया।

"टेलीग्राम है।"

"किसका?"

"गुरु दयाल सिंह का।"

"दयाल सिंह?...नैनीताल से?"

"हूं, ज़रूरी काम है, फ़ौरन आ जाओ।"

डी.के. ने टेलीग्राम ले लिया और पढ़ने लगा।

"कौन है ये?"

"हमारे स्कूल के पुराने हैड मास्टर...गुरु दयाल सिंह।"

"कोई ख़ास बात है?"

"पता नहीं। पहले कभी...इतने सालों से मिला ही नहीं। ऑफ़िस से फ़ोन कर लूंगा।"

कुछ सोचते हुए डी.के. कमरे से निकला।

डी.के. ऑफ़िस में बड़ी तेज़ी से दाख़िल हुआ।

ऑफ़िस की सेक्रेटरी उसके पास आई।

"सर...धवन साहब आपका इन्तज़ार कर रहे हैं।"

"वो आ गए?"

"हां...हंसल साहब के साथ आपकी राह देख रहे हैं।"

"हूं...ये नैनीताल का नम्बर है। एक ट्रंक कॉल बुक करो। अर्जेंट है।"

"ओके सर।"

मि. धवन, कुछ बिल्डिंगों के डिजाइन हंसल साहब को दिखा रहे थे।

"दिज़ इज़ दा इंटरनेशनल सेंटर और ये एक एम्बैसी है, और ये वही नील कमल की बिल्डिंग

जिसकी आप बात कर रहे थे। ये रहे उसके डिजाइन।''

डी.के. कमरे में दाख़िल हुआ। धवन साहब ने डी.के. और हंसल का आपस में ता'रूफ़ कराया।

''आओ डी.के. तुम्हारा ही इन्तज़ार था। ये हंसल जी और ये डी.के. मल्होत्रा। आओ बैठो डी.के.। ही इज़ माई ब्राईटिस्ट आर्केटिक्ट डी.के.। हंसल साहब एक बिल्डिंग कॉम्प्लेक्स बनवाना चाहते हैं। हंसल भवन। यही नाम है ना?''

''हूं...।''

''और चाहते हैं हम इन्हें एक प्रपोज़ल दें। पहला प्रेज़ेंटेशन तो तुम्हीं करोगे। मैं इन्हें नील कमल बिल्डिंग के डिजाइन दिखा रहा था।''

कुछ सोचकर धवन ने कहा।

''डी.के. तुम्हीं समझा दो।''

''जी।''

नैनीताल के पोस्ट ऑफ़िस में डी.के. के ट्रंक कॉल को तिवारी जी सुन रहे थे। और जवाब में ज़रा ऊंची आवाज़ में बात कर रहे थे।

''जी नहीं, गुरु दयाल साहब तो रिटायर हो चुके हैं।''

''उनका फ़ोन नम्बर दे दीजिए।''

''आप कौन बोल रहे हैं।''

''मैं डी.के. बोल रहा हूं दिल्ली से। मुझे गुरु दयाल जी का तार मिला था।''

"आप डी.के. मल्होत्रा बोल रहे हैं?"
"जी हुज़ूर...जी हां आप कौन हैं?"
"तिवारी..."
"मैंने ही आपको तार भेजा था। एक चिट्ठी भी लिखवाई थी मास्टर जी ने।"
"चिट्ठी तो नहीं मिली मुझे। तार मिला था। तिवारी जी क्या काम था मास्टर जी को।"
"काम बहुत पर्सनल था।"

फ़ोन की लाइन में गड़बड़ हुई। डी.के. ने पुकारा।

"हैलो...हैलो...!"
"हैलो...!"
"क्या काम है मास्टर जी को?"
"आप डी.के. मल्होत्रा ही बोल रहे हैं।"
"जी हां...मैं डी.के. ही बोल रहा हूं। क्या काम था?"
"वो कहते हैं आप नैनीताल आके अपने बेटे...।"
"हैलो...हैलो...क्या कहते हैं वो?"
"वो कहते हैं, वक़्त उनके पास बहुत कम है।"
"ठीक है, ठीक है, वो कहते क्या हैं?"
"वो कहते हैं, आप अपने बेटे को यहां से ले जाइये।"
"बेटे को...किसके बेटे को?"

ये सुनकर डी.के. के चेहरे का रंग उड़ गया। एक बेचैनी-सी झलक रही थी।

"तिवारी जी...मेरा कोई बेटा नहीं...क्या बात कर रहे हैं?"

फ़ोन लाइन में फिर गड़बड़ हुई।

"हैलो...हैलो...हैलो तिवारी जी बात क्या है?... मास्टर जी ने और कुछ भी कहा होगा। बात क्या है तिवारी जी हैलो...हैलो...।"

"उनके पास एक लड़का है। जब से उसकी मां उसे छोड़ के गई है।"

"कौन?...कौन?...छोड़ के गई हैं।"

"उसकी मां...भावना..."

"भावना...भावना...अच्छा।"

कुछ समझकर पास बैठी सेक्रेटरी को कहा।

"एक मिनट... ।"

सेक्रेटरी उठकर चली गई। कमरे में डी.के. अकेला रह गया।

"हैलो...हैलो...तिवारी जी...तिवारी जी..."

फ़ोन कट चुका था। कुछ सोचते हुए डी.के. ने फ़ोन रखा।

रात के वक़्त डी.के. अपने बेडरूम में बैठा सिगरेट पी रहा था। इन्दू आई और उसके बालों को सहलाते हुए पूछा।

"कोई परेशानी है?"

"नहीं?"

फिर कमरे से बाहर जाते हुए पूछा।

"नैनीताल का कॉल मिला था?"

"मिला था, वहां मास्टर जी तो नहीं थे कोई तिवारी जी मिले थे। इन्दू वो कह रहे थे कि... ।"

कहते-कहते अचानक रुक गया। कुछ सोचकर सर झटका। इन्दू वापस कमरे में आ गई।

"क्या कह रहे थे?"

दूसरी तरफ़ देखते हए जवाब दिया।

"कह रहे थे कि मास्टर जी की तबीयत बहुत ख़राब है। कुछ सुनाई नहीं पड़ा दूसरी तरफ़ से

लाइन बहुत ख़राब थी। पर यही कह रहे थे कि मास्टर जी की तबीयत बहुत ख़राब है।''

''तो कुछ पैसे भेज दो इलाज के लिए।''

''बात सिर्फ़ वो नहीं है।''

डी.के. की बेचैनी बढ़ रही थी।

''फिर क्या बात है?''

''लिव मी अलोन इन्दू। बात कुछ और है।''

इन्दू डी.के. की परेशानी समझ नहीं पा रही थी। डी.के. ने समझाने के अन्दाज़ में कहा।

''कोई प्रॉब्लम है मेरी।''

इन्दू उसके क़रीब आकर कन्धों पर दबाव डालकर बोली।

''तुम्हारी ऐसी कौन-सी प्रॉब्लम है जो मेरी नहीं है।''

वो वहीं बैठ गई। और डी.के. उसके ज़ाघों पर सिर रखकर लेट गया।

''क्या बात है?''

''कुछ नहीं-कोई ऑफ़िस की प्रॉब्लम है।''

इन्दू चुप हो गई। डी.के. अपनी सोच में खो गया। एक ख़ामोशी कमरे में फैल गई।

डी.के. ऑफ़िस में बैठा टेबल पर एक डिजाइन ठीक कर रहा था कि फ़ोन की घंटी बजी। उसने फ़ोन लिया।

''डी.के.।''

''हां, मैं हूं।'' ''हां, बोलो इन्दू।''

"नैनीताल से एक चिट्ठी आई थी। पढ़ के सुनाऊं।"

डी.के. घबरा गया।

"तुमने पढ़ली।"

"मैंने खोली भी नहीं, खोलूं।"

"नहीं...नहीं...ऐसा है...शाम को आके घर पे पढ़ लूंगा। नहीं सुनो...ऐसा करो...नहीं मैं ऑफ़िस से पियून को भेज देता हूं। उसके हाथ मेरे पास भेज दो, ओके।"

"ओके।"

इन्दू सोच में पड़ गई कि ऐसा क्या है इस ख़त में।

डी.के. अपने केबिन से निकला कुछ झुंझलाया हुआ, कुछ बेचैन। सेक्रेटरी को भी कुछ कह दिया। और उसी झुंझलाहट में निकल गया बाहर। कार में बैठा और घर की तरफ़ चल दिया।

रास्ते में मास्टर जी की चिट्ठी हवाओं में सवार रही। मास्टर जी के लिखे अल्फ़ाज़ उसे चुभ रहे थे।

"बेटे, वो कभी नहीं चाहती थी। तुम्हें इस बच्चे के बारे में मालूम पड़े। जब बच्चा पैदा हुआ और मुझे मालूम हुआ, तो भावना ने एक ही बात कही थी मुझसे कि डी.के. को मत बताना। उसकी अपनी ज़िन्दगी है, अपना परिवार है।"

ख़्यालों में इस क़दर खोया था कि उसे ड्राइविंग का भी अहसास नहीं था। टकराते-टकराते बचा। कुछ संभला और फिर मास्टर जी के अल्फ़ाज़ सरसराने लगे।

"और वो बच्चा न हंसता है, न रोता है। सारा दिन खिड़की के बाहर देखता रहता है। न जाने

किसके इन्तज़ार में...इतनी सी उम्र में उसका बचपन ख़त्म होता जा रहा है। मैं इस उम्र में उसे कुछ नहीं दे सकता। उसे मां की ज़रूरत है। बाप की ज़रूरत है। उसे एक परिवार की ज़रूरत है। डी.के. वो तरह-तरह के सवालात पूछता है। जिसके जवाब मैं नहीं, तुम दे सकते हो।
डी.के. मेरे पास ज़िन्दगी के कुछ ही दिन बाक़ी हैं। जाने से पहले तुम्हारे बेटे को तुम्हारे पास भेज देना चाहता हूं।''

और इसी उधेड़ बुन में वो क्या करे क्या न करे वो कार से चला जा रहा था।

डी.के. का घर, मिन्नी टी.वी. पर फ़िल्म देख रही थी। उस पर ऋषि कपूर का गाना चल रहा था।

''ॐ...शान्ती...ॐ!''

मिन्नी भी साथ-साथ गा रही थी। पास ही इन्दू रिंकी को पढ़ा रही थी। रिंकी गाने की आवाज़ से डिस्टर्ब हो रही थी। गुस्से से कहा।

''मिन्नी चुप करना। मिन्नी।''

''चिंटू अंकल का गाना आ रहा है...ॐ...शान्ती... ॐ...''

रिंकी ने मां से शिकायत की।

''मम्मी, इसे चुप कराओ ना।''

''आप इधर ध्यान करो ना।''

''उफ़्फ़!...''

मिन्नी गाए चली जा रही थी। हिसाब की किसी प्रॉब्लम पर इन्दू ने पूछा।

"इसका क्या करेंगे?"

"यही तो मालूम नहीं है, वही तो पूछ रही हूं आप से। ओफ़ो...ये..."

"मिन्नी...टी.वी. बंद करो।"

"मम्मी चिंटू मामा का गाना आ रहा है। शान्ती ॐ शान्ती..."

"चिंटू तुम्हारा मामा लगता है?"

इन्दू ने गुस्से में उठकर टी.वी. बंद कर दिया। निन्नी ज़िद करने लगी।

"मम्मी...प्लीज़ चिंटू मामा का गाना आ रहा है।"

लेकिन इन्दू ने नहीं सुना और आकर रिंकी को पढ़ाने लगी। उसी वक़्त डी.के. घर में आया थके क़दमों से बुझा-सा, ख़्यालों मे घिरा। इन्दू ने उसे देखकर कहा।

"ओह...डी.के. आ गए तुम।"

मिन्नी भाग के पापा के पास आकर मम्मी की शिकायत करने लगी।

"पापा, चिंटू मामा का गाना आ रहा था। मम्मी ने टी.वी. बंद कर दिया।"

"कौन चिंटू मामा?"

"ओफ़ो...तुम नहीं जानते...वो..."

रिंकी भी आ गई और कहने लगी।

"पापा, मम्मी को ये सम नहीं आता आप प्लीज़ बताइए।"

बच्चों के सवाल डी.के. को और परेशान कर रहे थे। उसने इन्दू से कहा।

"इन्दू संभालो इन्हें।"

"तुम आ गए। चाय पियोगे?"

"हां...चीनी कम डालना।"

इन्दू उसके हाथ से बैग लेकर चाय बनाने चली गई। डी.के. बच्चों के साथ दूसरे कमरे में चला गया।

डी.के. अपने कमरे में उदास बैठा था। इन्दू कुछ कहते हुए अन्दर आई।

"डी.के., रिंकी का हिसाब मेरी समझ में नहीं आता। मैथ्स में वो बहुत कमज़ोर है। कहीं वो मोटी फ़र्स्ट आ गई तो...तो तुम ही पढ़ाया करो रिंकी को।"

इन्दू बिस्तर ठीक करते हुए कहे जा रही थी। डी.के. अपनी परेशानी में कुछ भी नहीं सुन पाया। कुछ सोचते हुए डी.के. ने कहा।

"इन्दू...मैं तुम्हें कुछ बताना चाहता हूं।"

"क्या है वो?"

"तुम्हें अच्छा नहीं लगेगा।"

"क्या बात है?"

"रहने दो फिर कभी बता दूंगा।"

इन्दू एक पल को सोच में पड़ गई।

"कुछ नहीं बस..."

"प्लीज़ डी.के. सोचा मत करो।"

एक ख़ामोशी दोनों के बीच छा गई।

"क्या बात है?"

"...वो...मेरी ज़िन्दगी में एक और लड़की आई थी।"

"ऐसी बातें मज़ाक़ में भी नहीं करते।"

"मैं मज़ाक़ नहीं कर रहा हूं।"

इन्दू डर गई। उसके चेहरे पर ख़ामोशी लहराने लगी।

"मैं मज़ाक़ नहीं कर रहा। जब मैं गया था वहां..."

"कहां?..."

"नैनीताल...ओल्ड बॉयेज़ के फ़ंक्शन में।"

"वो जब रिंकी पैदा होनेवाली थी?"

इन्दू जैसे कुछ याद करने लगी।

"हां...तब वो मुझे वहां मिली थी।"

"कौन...?"

"भावना...वो लड़की...इन्दू वो, मुझे मालूम नहीं, मैं कैसे अपने आप को संभाल नहीं पाया। शायद मैं अकेला था वहां। और वो भी अकेली थी। एक बार मैं उसके घर गया।"

ये सुनते सुनते ही इन्दू का ऐतबार डगमगाने लगा। उसकी आंखें आंसुओं से भर गईं।

"और उसके कहने से, एक रात वहां रुक गया मैं, नहीं रुकना चाहिए था ना मुझे, नहीं रुकना चाहिए था।"

इतना सुनते ही इन्दू बुरी तरह रो पड़ी।

"इन्दू...उसके बाद मैं कभी भी उस से नहीं मिला। और तब भी मेरा उस से ख़ास रिश्ता नहीं था।"

डी.के. इन्दू के क़रीब गया तो वो बोली।

"ख़ास रिश्ता नहीं था। इससे ज़्यादा और क्या रिश्ता हो सकता है? डी.के...क्या चाहती है वो?"

"कुछ नहीं...वो तो मर चुकी है।"

ये सुनते ही इन्दू ने घूमकर डी.के. को देखा।

"तो फिर..."

"उस...उससे...एक बेटा है मेरा।"

ये सुनते ही रुके हुए आंसू फिर इन्दू की आंखों से बहने लगे। टूटी शाख़ की तरह वो कुर्सी पर ढह गई।

"ऐसा मत कहो...ऐसा मत कहो डी.के...ओह गॉड ये क्या हो रहा है?"

उसी वक़्त रिंकी कमरे में आई और मां को रोते देख बोली।

"मम्मी..."

डी.के. ने रिंकी से कहा।

"बेटा आप, आप अपने कमरे में जाओ। चलो जाओ।"

रिंकी कुछ समझ नहीं पाई। डी.के. ने उसे बाहर करके दरवाज़ा बंद कर दिया। पलटा तो इन्दू बाथरूम में थी। उसके रोने की आवाज़ आ रही थी।

सुबह पूरा परिवार डायनिंग टेबल पर बैठा था, फिर भी एक ख़ामोशी छाई थी। छोटी मिन्नी इस सन्नाटे को बर्दाश्त नहीं कर पाई और गाना गुनगुनाने लगी।

"तैयब अली प्यार के दुश्मन...हाए...हाए। जान का दुश्मन हाए..."

अभी भी कोई कुछ न बोला। इन्दू चाय के बर्तन टेबल पर रखकर जाने लगी तो रिंकी ने आवाज़ दी।

"मम्मी।"

"लेकिन इन्दू रुकी नहीं, चली गई।"

सुबह डी.के. अपने दोस्त सूरी साहब से मिलने उनके टेनिस कोर्ट गया। वो खेल रहे थे। उसे देख कर मज़ाक़ किया।

"हैलो स्ट्रेंजर, कहां हो भाई कह रहा था किसी काम में फंस गया। बता क्या बात है? आज कैसे आना हुआ?"

"तेरे से कुछ बात करनी है। बहुत बड़ा प्रॉब्लम है।"

"क्या है?...हंसल की प्रॉब्लम है तो बता, अभी फ़िट करा देता हूं। आ बैठ..."

दोनों साइड में लगी कुर्सियों पर बैठ गए।

"यार, ये बता तू, अगर तेरी कम्पनी को वो कॉन्ट्रैक्ट मिल जाता है तो तुझे क्या मिलेगा?"

"वो प्रॉ ज़म नहीं, कुछ और है।"

"तो प्रॉब्लम को सॉल्व करते हैं।"

एक और शख़्स उसके दरमियान में आकर बैठ गया और सूरी साहब से कहने लगा।

"क्यूं सूरी साहब, खेल हो गया।"

"क्यूं मख़ौल करते हैं। हम तो काम-धन्धे में और व्हिस्की पीने में लग लए। वरना हम भी, बेटे की तरह विमबल्डन की तैयारी करते।"

सूरी साहब का लड़का टेनिस खेल रहा था। उसे देखकर कहने लगे।

''क्या डी.के.? जो अपने बेटे को जवान होते देखने में मज़ा आता है, वो अपनी जवानी में भी नहीं आता था। यू मस्ट हैव फ़न यार–क्यूं डी.के. बेटा बहुत ज़रूरी है।''

फिर दूसरे शख़्स से।

''क्यूं जी, आपका बेटा तो, आपका बिज़नेस संभाल ही लेता है ना?''

डी.के. को लगा जो बात करने आया था अब न हो सकेगी। इसलिए खड़े होते हुए बोला।

''सूरी मैं...चलता हूं।''

''अरे सुन तो। तू तो कोई प्रॉब्लम...''

''फिर कभी...मैं चलता हूं।''

डी.के. कह कर चल पड़ा।

डी.के. के घर के दरवाज़े की घंटी बजी। इन्दू ने आकर खोला। पोस्टमैन उसे एक रजिस्टर्ड लेटर दिया। इन्दू ख़त को खोलते हुए अन्दर की जानिब बढ़ी और ख़त पढ़ने लगी।

डी.के. के ऑफ़िस की घंटी बजी। डी.के. नहीं था। सेक्रेटरी ने फ़ोन लिया।

''हैलो...हैलो...हां बता दूंगी। हैलो...हैलो...मैसेज मिलेगा।''

फ़ोन पर इन्दू थी। उसने फ़ोन रखा। चेहरे पर गुस्सा था और हाथ में वही रजिस्टर्ड लेटर जो

पोस्ट मेन दे गया था। गुस्से में उसे फाड़कर फेंक दिया।

डी.के. अपने बॉस के साथ एक कमरे में मीटिंग में बैठा था। उसी वक़्त, उसकी सेक्रेटरी ने एक पर्ची लाकर उसके सामने रखी। उसे पढ़ कर डी.के. के चेहरे पर मायूसी और झुंझलाहट छा गई। वो मीटिंग छोड़कर कमरे से चला गया।

इन्दू घर के बाहर टैक्सी में बैठी कहीं जाने के लिए, सामने से डी.के. की कार आ गई। डी.के. उसे देखकर कार से उतर आया और पूछने लगा।

"इन्दू कहां जा रही हो?"

"मालूम नहीं, कहीं भी।"

"क्या कह रही हो?...एक मिनट मेरी बात सुनोगी।"

"मुझे कुछ भी नहीं सुनना।"

डी.के. ने टैक्सी का दरवाज़ा खोला और कहा।

"एक मिनट मेरी बात सुनो। नीचे तो आ जाओ।"

इन्दू टैक्सी से बाहर निकली।

"मुझे नहीं मालूम था, वो बच्चा यहां आनेवाला है।"

"झूठ मत बोलो।"

"सच कह रहा हूं। मुझे नहीं मालूम था।"

"ठीक है। चाहे जो कुछ हो जाए वो लड़का यहां नहीं आएगा। इस घर में नहीं आएगा।"

टैक्सी वाला अभी तक इन्तज़ार कर रहा था।

"मेम साहब टैक्सी चाहिए या नहीं?"

डी.के. ने कहा।

"नहीं चाहिए।"

फिर कुछ सोचकर टैक्सी वाले को पैसे दिए।

फिर पलटकर इन्दू से कहा।

"इन्दू...प्लीज़...बस कुछ दिनों के लिए। वो यहां आ रहा है। बस...तो मैं क्या करूं?"

"चाहे जो करो। पर वो यहां नहीं आएगा।"

"बस इन्दू, वो कुछ दिनों के लिए आएगा। मैं वादा करता हूं।"

"मुझे तुम पर ऐतबार नहीं रहा।"

"तुम ही ने तो कहा था। मेरी हर प्रॉब्लम तुम्हारी है, इस बार साथ नहीं दोगी?"

उसी वक़्त दोनों बच्चियां स्कूल से लौट आईं। दोनों स्कूल का बैग लिए स्कूल ड्रेस में थीं। उन्हें देख कर इन्दू ने धीमी आवाज़ में कहा।

"तुम चाहते क्या हो?...तुम कुछ भी करते रहो, मैं सहती रहूं। मैं भी तो इन्सान हूं, मेरी भी कुछ फ़ीलिंग्स हैं। मुझ पे क्या गुज़रेगी, तुमने सोचा कभी। ये बच्चे.. उन्हें क्या कहेंगे, सोचा तुमने?"

तब तक दोनों बच्चियां उन तक पहुंच चुकी थीं। आते ही बड़ी लड़की रिंकी ने कहा।

"मेरे दोनों सम ग़लत हो गए। मम्मी देखो ना। मम्मी चल कर अन्दर देखो।"

मां को चुपचाप देखकर रिंकी ने हाथ पकड़कर ज़बरदस्ती अन्दर की तरफ़ बढ़ी।

"मम्मी, अन्दर चलो ना।"

इन्दू उसके साथ अन्दर चली गई। छोटी मिन्नी ने डी.के. से फ़रमाइश की।

"पापा, मुझे गोदी लो ना।"

डी.के. ने उसे गोद में उठा लिया। उसने डी.के. को प्यार किया। फिर दूसरी फ़रमाइश।

"पापा, अन्दर ले चलो ना।"

डी.के. उसे गोद में लिए घर के अन्दर बढ़ गया।

रात का खाना खाकर डी.के. और बच्चियां डायनिंग टेबल से उठ गए। इन्दू ने रिंकी को पुकारा।

"रिंकू बेटा, ज़रा सुनो।"

"क्या है मम्मी?"

"हमारे यहां एक लड़का रहने आ रहा है। उसका नाम..."

डी.के. अपने कमरे की तरफ़ जा रहा था। ये सुनकर रुक गया। और पलट आया।

"उसकी मां मर चुकी है। इसलिए हमारे पास आ रहा है।"

"लेकिन उसकी मम्मी कौन थी?"

"हमारे दूर की रिश्तेदार थी।"

डी.के. भी उन तक आया। छोटी मिन्नी खुश हो गई और पूछने लगी।

"मम्मी वो कितना बड़ा है?"

इन्दू डी.के. को देखकर सोफ़े पर बैठ गई। डी.के. ने जवाब दिया।

"आठ-नौ साल का है।"

रिंकी मां के साथ सोफ़े पर बैठ गई। मिन्नी भी उस तरफ़ बढ़ी। रिंकी ने एतराज़ किया।

"मम्मी, इतना छोटा लड़का, मेरे एग्ज़ाम आ रहे हैं। मुझे पढ़ाई नहीं करने देगा।"

"नहीं, वो मेरे साथ खेलेगा।"

"उसके पापा कहां हैं?...उनके पास क्यूं नहीं चला जाता?"

डी.के. बेटी की बात सुनकर उसके पास जाकर समझाने लगा।

"बेटे, उसके पापा कहीं चले गए हैं।"

डी.के. के क़रीब आते ही इन्दू उठकर चली गई। रिंकी सवाल किए जा रही थी।

"उसको अकेला छोड़ के?"

डी.के. वहीं सोफ़े पर बैठ गया। मिन्नी उसकी गोद में चढ़ गई और जवाब दिया।

"मेरे पापा मुझको छोड़कर कभी नहीं जा सकते।"

इन्दू जो अपने बेडरूम में जा रही थी, पलटकर बोली।

"अच्छा बच्चो, चलो जाकर सो जाओ अपने कमरे में।"

दोनों बच्चियां उठ गईं और बारी-बारी बोलीं।

"गुड नाइट पापा, गुड नाइट पापा।"

बच्चियां चली गईं। डी.के. वहीं बैठा हालात पर ग़ौर कर रहा था। इन्दू बेडरूम की तरफ़ पलटी तो डी.के. ने कहा।

"थैंकयू इन्दू...तुमने संभाल लिया।"

"मैं अपने बच्चों को संभाल रही थी।"

गुस्से में कह के वो बेडरूम में चली गई। डी.के. वहीं बैठा रह गया।

दिल्ली रेलवे स्टेशन, एक गाड़ी आकर रुकी। एक डिब्बे में से तिवारी जी राहुल को लेकर निकले। सामने से तेज़ी से डी.के. चलता हुआ आया। तिवारी जी राहुल को छोड़कर स्टेशन से ही वापस लौट गए।

डी.के. के साथ कार की फ्रंट सीट पर राहुल बैठा था। डी.के. ड्राइविंग कर रहा था। अपनी सोचों में गुम। राहुल बिलकुल गुमसुम-सा, चेहरे पर ढेर सारी हैरत लिए बैठा था। डी.के. ने उससे पूछा।

"खिड़की खोल दूं।"

और हाथ बढ़ाकर उसकी तरफ़ की कांच नीचे करने लगा। कुछ सोचकर डी.के. उसके हाथ पर हाथ रखने लगा तो राहुल ने अपना हाथ हटा लिया। कार दिल्ली के बाज़ार से गुज़रती हुई लाल क़िले के पास से गुज़रने लगी। डी.के. बात करने के लिए बताने लगा।

"वो देखो, पुराना क़िला। बहुत पुराना क़िला है। शेरशाह सूरी ने...नहीं, नहीं अब इसमें 'ज़ू' है। बहुत सारे जानवर हैं।"

राहुल ने डी.के. की बात के जवाब में दूसरा सवाल किया।

"आप मेरी मम्मी को जानते थे?"

कुछ सोचते हुए जवाब दिया।

"हां, बेटा...जानता था।"

"और मेरे पापा को?"

"पापा को नहीं..."

''मम्मी कहती थी—मेरे पापा मुझे ज़रूर मिल जाएंगे। अब तो मम्मी भी नहीं हैं। अब मेरे पापा आएंगे तो, मुझे ढूंढ़ेंगे कैसे?''

डी.के. उदास हो गया। उसकी आंखें भर आईं।

''ढूंढ़ लेंगे, ढूंढ़ लेंगे।''

कहते-कहते डी.के. ख़ामोश हो गया।

डी.के. राहुल को लेकर घर पहुंचा। सामने ही मिन्नी मिल गई। उसने राहुल को मिलाया।

''मिन्नी ये राहुल है।''

मिन्नी ने कहा।

''हैलो।''

''राहुल, ये मिन्नी है।''

कमरे से रिंकी भी निकल आई। उससे भी मिलाया।

''रिंकी बेटे यहां आओ। राहुल ये रिंकी है। रिंकी, ये राहुल है।''

''हैलो...''

ऊपर बेडरूम से इन्दू बाहर निकल आई। इन्दू धीरे-धीरे क़दमों से उतर रही थी। रिंकी ने मां को देखकर कहा।

''वो मेरी मम्मी है। मम्मी ये राहुल है।''

राहुल ने दबे अन्दाज़ में कहा।

''नमस्ते।''

मिन्नी ने खुश होते हुए पूछा।

''मम्मी, राहुल हमारे कमरे में सोएगा।''

''नहीं, इनका बिस्तर स्टडी में लगा दिया गया है।''

रिंकी ने झट कहा।

"लेकिन मम्मी, मैं वहां पढ़ती हूं।"

"कुछ ही दिनों की बात है। अब्दुल सामान रख दो स्टडी में।"

अब्दुल उसका सामान उठाकर स्टडी रूम की तरफ़ चल दिया। पीछे-पीछे राहुल भी। इन्दू ने बच्चियों से कहा।

"तुम दोनों ऊपर कमरे में आ जाओ।"

डी.के. शर्मिंदा-सा, सिर झुकाये मुजरिमों के अन्दाज़ में खड़ा रहा। सब चले गए। वो भी ऊपर जाने के लिए सीढ़ियों पर क़दम रख रहा था कि कुछ सोचकर रुक गया।

दूसरी सुबह सभी लोग डायनिंग टेबल पर बैठे थे। राहुल डी.के. की बग़ल में बैठा था। रिंकी आई और कहने लगी।

"उठो, ये मेरी जगह है। पापा के बग़ल में मैं बैठती हूं।"

राहुल उठ गया। डी.के. ने कहा।

"बेटे, तुम वहां बैठ जाओ।"

राहुल इन्दू की बग़ल में बैठ गया। इन्दू को झुंझलाहट और घबराहट शुरू हो गई। उसने पानी का गिलास उठाकर पानी पिया फिर बोली।

"ओह, अब्दुल चावल नहीं लाया।"

कहते हुए इन्दू किचन में चली गई। मिन्नी राहुल के सामने बैठी थी। उसे देखकर मुस्करा रही थी। फिर उसे छेड़ने के लिये आंख मारी, राहुल भी मुस्करा दिया।

इन्दू किचन से चावल की प्लेट ले आई। फिर सब की प्लेट में डालने लगी। मिन्नी रिंकी के प्लेट में डाला चावल, मिन्नी राहुल को बताने लगी।

"हमारा एक पप्पी था जिसका नाम मिन्नी था।"

इन्दू ने डांटा।

"मिन्नी, चुपचाप खाना खाओ।"

मिन्नी ने अनसुनी कर दी।

"जब पापा मुझे बुलाते थे तो पप्पी आ जाता था। जब वो पप्पी को बुलाते तो मैं भाग के आती थी।"

इन्दू गुस्से से बोली।

"मिन्नी..."

"मम्मी आज नाराज़ हैं।"

कह कर हंस पड़ी। इन्दू डी.के. को चावल देकर राहुल के पास आई और उसके सामने प्लेट रखकर मुड़कर अपने कमरे की तरफ़ चल दी। बग़ैर नाश्ता किए। डी.के. ने पूछा।

"इन्दू, तुम नहीं खाओगी?"

इन्दू कुछ नहीं बोली और कमरे में चली गई।

रात के वक़्त, राहुल अपने कमरे में कुछ लिख रहा था। उसे किसी के गाने की आवाज़ सुनाई दी। इन्दू ऊपर दोनों बच्चियों को सुला रही थी और गाना गा रही थी।

दो नैना और एक कहानी
थोड़ा-सा बादल थोड़ा सा पानी
और एक कहानी...

छोटी-सी दो झीलों में वो बहती रहती है
कोई सुने न सुने कहती रहती है
कुछ लिख के और कुछ ज़बानी
थोड़ा सा बादल थोड़ा-सा पानी...

राहुल बीच-बीच में रुककर इन्दू को देखता वो किस तरह प्यार से दोनों बच्चियों को सुला रही थी। डी.के. ने राहुल को देखते देखा।

थोड़ी-सी है जानी हुई, थोड़ी-सी नहीं
जहां रुके आंसू वहीं पूरी हो गई
है तो नई फिर भी पुरानी
थोड़ा-सा बादल थोड़ा-सा पानी...

राहुल अपने माज़ी में खो गया, जहां वो अपनी मां के साथ जंगल में चीड़ के पेड़ों के बीच खेल रहा था। फिर अपनी मां की चिता का जलता हुआ लमहा याद आया।

एक ख़त्म हो तो दूसरी रात आ जाती है
होंठों पे फिर भूली हुई बात आ जाती है
दो नैनों की है ये कहानी
थोड़ा-सा बादल थोड़ा-सा पानी...

राहुल उसी याद को सोचते टहलते हुए घर के लॉन में आ गया। एक बेंच पर बैठकर खुले आसमान को देखने लगा। डी.के. भी उसके पीछे आ गया और उसे आसमान तकते देखकर पूछा।

"बेटे...यहां अकेले बैठे क्या कर रहे हो?"

कहते हुए उसके बराबर में बैठ गया।

"मैं तारे को देख रहा हूं। मम्मी कहती थी। अगर टूटते हुए तारे को देख लो, तब जो भी मांगो मिल जाता है।"

दोनों आसमान की तरफ़ देख रहे थे।

"देखो...देखो अंकल टूटता हुआ तारा। चला गया।"

"कुछ मांगा...तुमने?"

"हां।"

"क्या?"

"मैं नहीं बताता।"

"क्यूं?"

राहुल चुप रहा।

"अच्छा...अच्छा...अन्दर चलें।"

"हूं।"

दोनों खड़े हुए अन्दर जाने लगे।

"अंकल।"

"हां बेटे।"

"मैं आपको बताऊं, मैंने क्या मांगा?"

"हां।"

"मैंने मांगा, मेरे पापा मुझे मिल जाएं।"

डी.के. बहुत मोहब्बत से उसे देखने लगा। जैसे उसे यक़ीन दिला रहा हो कि उसके पापा मिल जाएंगे।

दूसरी सुबह बच्चियां स्कूल जा रही थीं। उनके साथ इन्दू भी थी। बिलकुल बुझी, उदास जैसे रंज-ओ-ग़म से ज़ोर आज़मा थी। रिंकी ने

आवाज़ दी–

"चलिये न पापा, बहुत देर हो रही है।"

डी.के. तेज़ी से बाहर की तरफ़ आ रहा था। इन्दू अन्दर की तरफ़ जाने लगी। दोनों ने एक दूसरे की तरफ़ देखा। उसी वक़्त राहुल भी निकल आया। बिलकुल उन दोनों के बीच–इन्दू ने कहा।

"बच्चों को देर हो रही है।"

कह कर रुकी नहीं, अन्दर बढ़ गई।

हॉल में इन्दू बैठी स्वेटर बुन रही थी और साथ ही सोचे जा रही थी। राहुल भी अपने कमरे से निकलकर आ गया। उस के क़रीब आया तो इन्दू ने मुंह फेर लिया। हाथ गुस्से में और तेज़ी से चलने लगे। राहुल ने पूछा।

"आप मेरी मम्मी को जानती थीं?"

राहुल कुछ और क़रीब आया।

"अंकल तो जानते थे।"

इन्दू वहां से उठ कर डायनिंग टेबल की कुर्सी पर जा बैठी। राहुल उसे देखता रहा। बहुत देर तक तकता रहा। इन्दू को उलझन होने लगी–पूछा।

"क्या है?...ऐसे क्या देख रहे हो?"

"मम्मी भी ऐसी फूलों वाली साड़ी पहनती थीं।"

"अच्छा...मुझे काम करने दो।"

इन्दू वहां से उठकर ऊपर अपने बेडरूम में चली गई। राहुल उसे देखता रहा।

इन्दू चंदा के साथ उसके ऑफ़िस में साइड सोफ़े पर बैठी थी। इन्दू ने उसे राहुल के बारे में सब बता दिया। चंदा ने गुस्से में कहा।

"तुमने उस लड़के को आने कैसे दिया। घर में रखा कैसे?"

इन्दू की आंखें आंसुओं से भरी थीं।

"रखा क्या?...बस आ गया। उसे देखते ही डी.के. और उसका ख़्याल आता है। ऐसा लगता है, चंदा सब छूट गया। ऐसा लगता है, जैसे सबकी ज़िन्दगी में होता है आई एम चीटिड।"

इन्दू रोती रही। सुबक्कती रही और आवाज़ टूट रही थी। चंदा उसके क़रीब हो गई और तसल्ली दी।

"जितना कमज़ोर बनोगी इन्दू, उतना ही ज़्यादा सहना पड़ेगा।"

तभी टेबल का फ़ोन बज उठा। चंदा उठ कर गई और फ़ोन उठाया।

"हां...हां, अभी आ रही हूं। आती हूं।"

इन्दू से कह के पास के कॉउंटर पर गई और वर्कर को डांटकर फिर इन्दू के पास वापस आई और कहने लगी।

"जब मुझे मेजर साहब छोड़ के गए थे। मैं भी सिसकियां मारती थी, तुम्हारी तरह। अब देखो मुझे किस चीज़ की कमी है। अपना काम संभालती हूं। अपने लिये जीती हूं। अपनी तरह जीती हूं। एक आज़ाद औरत की तरह।"

"और तुम्हारा बेटा, उसकी याद नहीं आती।"

ये सुनकर चंदा चुपचाप इन्दू को देखती रह गई और पलटकर दूसरी तरफ़ चल दी।

रिंकी पढ़ रही थी। मिन्नी मुस्कराते हुए उसके पास आई और बोली।

''मैं तुम्हें पोयट्री सुनाऊं?''

''मैं पढ़ रही हूं। कोई ज़रूरत नहीं।''

''प्लीज़।''

''मैंने कहा ना-मैं स्टडी कर रही हूं।''

मिन्नी ने अनसुनी कर दी और अपनी पोयट्री पढ़ने लगी।

''किसने बनाया चिड़ियों को। चिड़ियों को...''

रिंकी ने ज़ोर से चीख़ कर मां को आवाज़ दी।

''मम्मी...मम्मी...''

''अच्छा, मैं जा रही हूं।''

मिन्नी तेज़ी से दूसरी तरफ़ भाग गई।

राहुल अपने कमरे में कुछ लिख रहा था। दरवाज़ा खुला, मिन्नी ने झांका और पूछा।

''राहुल भैया...मैं आप को अपनी कविता सुनाऊं?''

''हां सुनाओ।''

मिन्नी दरवाज़ा छोड़कर अन्दर आ गई, और राहुल के सामने खड़ी होकर एक्शन से कविता पढ़ने लगी।

''किसने बनाया चिड़ियों को। चिड़ियों को...
किसने बनाया आपको...और मुझको...
आपको...और मुझको...

ईश्वर सबमें है।''

राहुल मिन्नी की कविता सुनकर ख़ुश हुआ। मिन्नी कविता सुनाकर क़रीब आ गई। राहुल एक तसवीर बना रहा था। उसे देखकर मिन्नी ने पूछा।

''ये किसकी फ़ोटू है?''

''ये मेरे मम्मी-पापा की है।''

''आपके पापा ऐसे थे?''

''पता नहीं, ऐसे ही होंगे।''

''कहां हैं?''

राहुल चुप रहा। मिन्नी तसवीर की कॉपी लेकर सोफ़े पर बैठ गई। और बोली।

''वो तो मर गए होंगे।''

''नहीं! मम्मी कहती थी वो बहुत दूर गए हैं। एक दिन ज़रूर आएंगे।''

''मैंने टी.वी. पर देखा था, एक और बच्चे के पापा कहीं दूर चले गए थे। उसकी मम्मी कहती थी वो ज़रूर आएंगे, पर वो तो मर गए थे। उसको पता ही नहीं था।''

''जो फ़िल्म में होता है, वो सच थोड़े ही होता है।''

''हां...वो तो फ़िल्म होती है ना। मैं अपने पापा से कहूंगी, वो तुम्हारे पापा को ढूंढ़ेंगे।''

''वो कैसे ढूंढ़ेंगे?''

''मेरे पापा बहुत क्लेवर हैं। देखना वो, उन्हें ढूंढ़ लेंगे।''

इन्दू दरवाज़े में आई और दोनों को बात करते देख कर कहा।

''मिन्नी...आप यहां क्या कर रही हो?''

''मैं राहुल भैया के साथ खेल रही हूं।''

"चलो सो जाओ।"

मिन्नी अपनी मम्मी के साथ कमरे से निकल गई। इन्दू ने मिन्नी से पूछा।

"राहुल, भैया कब से हो गए?"

इन्दू अपने बेडरूम में, कोई मेडिसिन खा रही थी। डी.के. ने पूछा।

"ये क्या ले रही हो?"

बग़ैर उसकी तरफ़ देखे जवाब दिया।

"नींद की गोलियां।"

"नींद की गोलियां लेने से कुछ हल हो जाएगा? कितनी बार तुम से माफ़ी मांग चुका हूं। कितनी बार कह चुका हूं एक ग़लती हो गई है। तुम भूल नहीं सकती?"

डी.के. ने अलमारी से चादर और तकिया निकाली। इन्दू ने जवाब दिया।

"कैसे भूल सकती हूं, दस साल से एक झूठे रिश्ते के साथ जीती रही। दस साल से मुझे धोखा दिया।"

"तुम इस रिश्ते को झूठ कह रही हो! तुम दो बच्चों के रिश्तों को झूठ कह रही हो!"

इन्दू गुस्से में बिस्तर पे लेट गई। डी.के. क़रीब आया।

"हमारे दो बच्चे हैं।"

"उसका भी तो बच्चा है। उसे झूठ कहोगे?"

"इन्दू प्लीज़...यक़ीन मानो इस बच्चे के बारे में मुझे कुछ नहीं मालूम था। अगर मालूम होता..."

"तो क्या करते?...हमें छोड़ देते?"

इतना सुनकर डी.के. ने इन्दू को छूकर कहना चाहा।

"इन्दू..."

"मत छुओ मुझे।"

इन्दू की आंखें आंसुओं से भर गई थीं। डी.के. चुप हो गया। और सोचते हुए कुर्सी पे जा बैठा।

दूसरे दिन सुबह सूरी साहब ने डी.के. को फ़ोन किया। और लड़की की आवाज़ में बोले।

"हैलो...डी.के. मल्होत्रा साहब बोल रहे हैं?...जी मेरा नाम..."

इतने ही में उनकी हंसी छूट गई। और वो ज़ोर से बोले।

"अबे मैं सूरी हूं। सूरी-यार तू बड़ा लेज़ी हो गया है। तुझे मालूम है आज संडे है, साइड-वाइड पे तो नहीं जाना है। फ़ार्म पे आ रहा है कि नहीं?"

"मैं नहीं आ सकता। मेरा मूड नहीं है यार।"

"तो मूड नहीं है। तेरे मूड-सूड को मैं सही कर दूंगा।"

"सूरी-सूरी, सुन तो सही। मेरे साथ इन्दू का भी मूड नहीं है।"

"अरे...अरे...तू इन्दू का ताऊ लगता है। तू दे इन्दू को फ़ोन।"

सूरी साहब हिंदी भी पंजाबी स्टाइल में बोलते थे।

सूरी साहब का फ़ार्म हाउस—डी.के. अपने परिवार के साथ वहां पहुंचा। सूरी साहब ने डी.के. और बच्चों को रिसीव किया। उनकी बीवी और बेटा भी साथ थे।

"लो...आ गए मूड के मारे। मूड आपके दुरुस्त हुए।"

औरतें एक दूसरे से मिलीं। डी.के. और सूरी साहब एक दूसरे से मिले। राहुल कार के पास ही खड़ा रह गया। मिन्नी ने पलटकर देखा और दौड़ गई, उसे साथ लाने के लिए।

"राहुल भैया...चलो ना, चलो ना।"

राहुल ने जवाब नहीं दिया। मिन्नी उसका हाथ पकड़कर घसीट ले गई। रिंकी सूरी साहब से मिल रही थी।

"हैलो अंकल।"

"हैलो बेटा।"

मिन्नी क़रीब आई तो सूरी साहब ने उसे गोद में उठा लिया और प्यार किया। फिर राहुल को देखकर पूछा।

"अरे...ये कौन?...किसका बच्चा है डी.के.?"

डी.के. और इन्दू चुप रहे। मिन्नी बोल पड़ी।

"ये राहुल भैया हैं। इसकी मम्मी मर गई हैं। इसके पापा कहीं चले गए हैं।"

मिन्नी ने एक सांस में सब कह दिया।

फ़ार्म में राहुल खेल रहा था। खेलते हुए बच्चे बाग़ की तरफ़ आ गए जहां फूलों के कुंज थे।

सूरी साहब का बेटा एक बांस की लकड़ी हाथ में लिए उन फूलों के कुंजों पर मार रहा था। राहुल ने रोका।

"इन्हें मत मारो।"

"ये मेरे पापा का है। मैं इसे तोड़ूंगा।"

"इनमें जान है, इन्हें भी चोट लगेगी।"

"हट...ये कौन कहता है?"

"मेरी मम्मी कहती है।"

"हट...तेरी मम्मी तो मर चुकी है।"

कहते हुए वो लकड़ी फूलों पर मारने लगा। राहुल ने पकड़ना चाहा तो उसे लकड़ी लग गई। मिन्नी से देखा न गया। वो भाग कर पापा के पास शिकायत करने गई।

"पापा...पापा...राहुल भैया को बब्बू ने मारा।"

मिसेज़ सूरी ने झट इन्कार किया।

"बब्बू ने मारा, हो ही नहीं सकता।"

"मैंने देखा था। बब्बू ने मारा।"

मिन्नी की शिकायत पर सूरी साहब ने ग़ुस्से से बेटे को आवाज़ दी।

"बब्बू...बब्बू...यहां आओ।"

बब्बू क़रीब आ गया।

"तुमने राहुल को मारा?"

"मैंने नहीं मारा।"

मिसेज़ सूरी ने तरफ़दारी की।

"मैं कहा सी ना-मेरा बब्बू नहीं मारदा किसी नू।"

मिन्नी ने झट कहा।

"नहीं, झूठ बोलता है, मारा..."

डी.के. ने बात काटी।

"ठीक...ठीक है।"

डी.के. उठकर राहुल के पास चला गया। सूरी साहब ने मिन्नी से पूछा।

''आप क्या पियोगी?''

''थम्सअप।''

इन्दू यहां आकर भी उदास-सी इधर-उधर फिर रही थी। न किसी से बात कर रही थी, न किसी की सुन रही थी।

एक जगह पानी बह रहा था। वहीं क़रीब में राहुल खेल रहा था। डी.के. उसके क़रीब गया।

''राहुल...तुमको बब्बू ने मारा?''

''नहीं!''

डी.के. खड़ा उसे खेलता देखता रहा। सूरी साहब ने क्रिकेट का सामान मंगवाया और ज़ोर से बोले।

''कौन खेलेगा क्रिकेट?...आ जाओ सभी।''

बब्बू पहले दौड़ा आया और सूरी साहब के हाथ से बैट छीनने लगा।

''पहले हम लोग खेलेंगे।''

''पहले बड़े फिर बच्चे।''

''नहीं...नहीं...पहले हम खेलेंगे।''

बब्बू बॉलिंग कर रहा था। पहले मिन्नी ने बैटिंग की और क्लीन बोल्ड हो गई। फिर डी.के. बैटिंग पर आया और दो-चार बॉल में आउट हो गया लेकिन मिन्नी जो इम्पायरिंग कर रही थी, उस ने आउट नहीं दिया। बब्बू ने फिर बॉलिंग की और इस बार डी.के. कैच हो गया।

बब्बू ने आकर बैट संभाली। डी.के. ने बॉलिंग के लिए राहुल को बॉल दिया। राहुल की पहली

ही बॉल पर बब्बू आउट हो गया। डी.के. ने खुशी से कहा।

"देखा मेरे बेटे को..."

कहते-कहते रुक गया। इन्दू भी सटपटा गई। सूरी और उसकी बीवी भी हैरान हो गए। डी.के. चुपचाप मुड़ गया।

दिन गुज़र गया, रात हो गई, एक तरफ़ लकड़ियां जला दी गईं। बच्चे कुछ दूरी पर थे और बड़े सब उसके एक तरफ़ बैठ गए। एक टेबल भी लगी थी। सूरी साहब बैठे उस पर सलाद काट रहे थे, और हिस्बे तौक़ो मज़ाक़ कर रहे थे।

"प्रॉपस्टी हुई, कटलेरी हुई। ये सब तो हम लन्दन में ख़रीदते हैं। साले 15: डिवटी लगा देते हैं। यार डी.के. कांटे-चमचे हमने कॉलेज में नहीं रखे, तो अपने टेबल पे कैसे बर्दाश्त कर सकते हैं।"

"यार सूरी, तुम तो एक बीवी भी फ़ौरन से ले आते तो अच्छा रहता।"

सलाद की प्लेट लेकर सूरी साहब अपनी बीवी की तरफ़ बढ़े। प्लेट देते हुए बोले।

"बीवी...हुज़ूर किसी स्टोर में मिलती तो ज़रूर ले आते। एक बार न्यूयॉर्क में..."

पास बैठी इन्दू बिलकुल लातालूक़-सी बैठी थी। अचानक बोल पड़ी।

"कुछ है ऐसा तो बता दो ना। छुपाते क्यूं हो?"

"नहीं जी, छुपाने की तो बात ही नहीं है। मतलब ये कि...जब कानता मेरी लाइफ़ में आई थीं उससे पहले टेरम्सी मेरी लाइफ़ में आई थी।"

कानता ने पूछा।

"टेरम्सी वो कौन है?"

"हां...टेरम्सी...वो..."

डी.के. ने समझाया।

"कानता तुम इतना क्यूं नरवस हो रही हो। इसकी तो आदत है चिढ़ाने की।"

"चिढ़ाने की बात ही नहीं है। जब से तुमसे शादी हुई है, मुलाक़ात हुई...उसके बाद किसी से मिला हूं...तो बताया है कभी मैंने..."

"जाओ दूसरी शादी कर लो।"

"मज़ाक़ कर रहा है कान्ता, तुम्हें छोड़ के ये दूसरी शादी करेगा?"

इन्दू बोली।

"शादी के बग़ैर भी तो रिश्ते बन सकते हैं। शादी कोई ज़रूरी थोड़े ही है।"

इन्दू अपने और डी.के. के मसले से उलझी हुई बहस कर रही थी। जिसे कानता समझ नहीं पाई।

"इन्दू क्या कह रही हो?"

"ठीक कह रही हूं।"

सूरी साहब ने कहा।

"इन्दू मेरे मुतालिक़ जो कुछ कहना चाहती हो कह सकती हो। पर डी.के. के लिये कोई ज़रूरत नहीं।"

"ज़रूरत पड़ी तो कहा।"

"मतलब..."

"मतलब इन्हीं से पूछो।"

इतना कह के इन्दू वहां से हट गई। कानता ने पूछा।

"अरे, क्या हो गया इसे?"

कह कर कानता उसके पीछे गई। सूरी ने डी.के. से पूछा।

"माजरा क्या है?...सुबह से मैं देख रहा हूं कि तुम दोनों के बीच टेंशन है। जिस तरह इन्दू बात कर रही थी उस...लड़के राहुल से ये राहुल कौन है?...हूं।"

"मेरा बेटा है।"

"क्या...?"

"हां...मैं सन् 73 में जब नैनीताल गया था..."

डी.के. माज़ी में खोता हुआ।

कॉलेज में पास-आउट था, तलबा का मजमुआ लगा हुआ था। डी.के. के बहुत से पुराने दोस्त आपस में मिल रहे थे। एक ने मज़ाक़ किया।

"डी.के. अब तो तू बाप बनने वाला है।"

दूसरे दोस्त ने कहने वाले को चिढ़ाया।

"अबे, तेरी तो शादी भी नहीं हुई!"

कुछ दूर एक लड़की अपने प्रोफ़ेसर के पैर छू रही थी। डी.के. की आवाज़ माज़ी से उभरी।

"उस शोर-शराबे के बीच में भी वो अकेली। भावना उसका नाम था। स्कूल के दिनों से जानता था उसको मैं। उस वक़्त बड़ी हंसमुख हुआ करती थी। लेकिन अब..."

फिर से डी.के. आवाज़ के साथ माज़ी में पहुंचा।

प्रोफ़ेसर साहब डी.के. को बता रहे थे।

"बेटे इस लड़की के साथ बहुत बड़ी ट्रैजडी हुई है। स्कूल में थी तब, जब उसका सारा परिवार मोटर एक्सीडेंट में मारा गया।"

फिर डी.के. की आवाज़।

"प्रोफ़ेसर ने बताया कि भावना बिलकुल कट गई सब रिश्तों से। प्रोफ़ेसर साहब उसके परिवार को जानते थे। इसलिए भावना की सारी ज़िम्मेवारी उन पर पड़ी। वो चाहते थे कि भावना अपने दुख को कम से कम कुछ हल्का कर सके। उसे कोई ये समझाये।"

भावना और डी.के., पहाड़ की वादियों में टहल रहे थे। एक जगह दोनों आमने-सामने खड़े हो गए। भावना ने कहा।

"मुझे अपना हाथ दिखाओ।"

डी.के. ने अपनी हथेली को भावना के हाथ पर रख दिया।

"ये देखो, तुम्हारी शादी की लकीर। तुम अपनी शादी से बहुत ख़ुश हो ना। कितनी गहरी है।"

"हां...बिलकुल..."

"ये लकीर एक जगह आकर, रहने दो तुम इन बातों का विश्वास नहीं करते।"

"तुमने देखा क्या बताओ तो सही?"

"कुछ नहीं।"

"अच्छा एक और बात बताओ, हमारे लड़का होगा या नहीं?"

डी.के. ने भावना के आगे हथेली फैलाई।

"एक लड़का तो है। ये वाला लड़का है या लड़की ये नहीं मालूम।"

"हमें तो बेटा चाहिए, अच्छा तुम अपना हाथ दिखाओ।"

"मेरा हाथ देखकर क्या करोगे?"

ये कहकर भावना दूसरी तरफ़ मुड़ी, डी.के. पीछे-पीछे आ गया।

"अरे दिखाओ तो सही। अब मैं बताता हूं तुम्हारा फ्यूचर—दिखाओ।"

डी.के. ने भावना का दायां हाथ पकड़ लिया और देखने लगा। भावना उसे देखने लगी। फिर कुछ सोचकर बायां हाथ दिया। डी.के. देखने लगा।

"कहां है...आपकी शादी की लकीर ओ हां...बायें हाथ में..."

"ये...बनते-बनते रह जाती है।"

"ओहो...लेकिन आप किसी से..."

"कुछ यक़ीन नहीं आता, शादी है भी और नहीं भी।"

"हाथ दिखाओ...वो तुम्हारी जीवन रेखा कहां है?"

"ये..."

"ये...ये तो बहुत छोटी है।"

"मालूम है।"

"मालूम है...ओ...हो...तो आपने सोच लिया होगा कि आप जल्दी मर जाएंगी।"

"सोचा नहीं, मालूम है।"

"मालूम है।"

फिर दोनों टहलते हुए आगे बढ़ गए।

एक पहाड़ी पर भावना तसवीर बना रही थी। इस पहाड़ी का नाम 'चीनापीक' था। यहां से पूरा नैनीताल नज़र आता था। दूर खड़ा डी.के. उसे देख रहा था। उस सोच को वो सूरी के सामने बयान कर रहा था।

"और वो मर गई कुछ दिनों बाद, मुझे यक़ीन नहीं आता, अजीब क़िसम का अन्धा विश्वास था। भावना से मिल कर मुझे हैरत होती थी कि कोई इन्सान अपने ग़म को इतने वर्षों तक अपने में पाल के रख सकता है। जैसे ग़म ही उसका मक़सद बन गया हो।"

नैनीताल की झील में भावना और डी.के. बोटिंग कर रहे थे। और डी.के. की सोच आवाज़ में उभर रही थी।

"भावना के लिए, मेरे दिल में हमदर्दी थी जो एक इन्सान को दूसरे इन्सान के लिए होती है।"

डी.के. भावना को समझा रहा था।

"अरे भूल जाओ इन सब बातों को, हाथ की लकीरें, सितारे सब बकवास हैं। एक नॉर्मल लड़की की तरह ज़िन्दगी बिताओ।"

"डी.के. मेरे पास आओ। प्लीज़ आओ, मेरे पास आ के बैठो।"

फिर डी.के. की सोच आवाज़ में उभरी।

"उसने मुझे अपने पास बुलाया, मैं चला गया उसके बाद जो हुआ। कैसे समझा सकता हूं, इन्दू को?"

माज़ी से निकलते-निकलते डी.के. पशेमान और रोआंसा हो गया था। सूरी उसकी बातें सुन रहा था।

"सूरी...छोटे-छोटे मेरे बच्चे...सब कुछ, सूरी मेरा घर टूटता जा रहा है। मैं क्या करूं?...कैसे समझाऊं इनको?...मेरा घर टूटता जा रहा है।"

"पहल तुझे करनी पड़ेगी। उस बच्चे को तुझे भेजना पड़ेगा।"

"जानता हूं यार। कहां भेजूं?"

"बोर्डिंग स्कूल में।"

"उसका भी तो कोई हक़ है हम लोगों पर, कहां जाएगा, उसका क्या क़सूर है, उसने असल में क्या किया है?"

डी.के. का घर—इन्दू उदास सी, गुस्से में भरी बैठी थी। पास रिंकी बैठी स्कूल का होमवर्क कर रही थी। उसने मां को पुकारा।

"मम्मी...ये सम नहीं हो रहा है मुझसे। बताओ आके इधर।"

"रिंकी मुझे डिस्टर्ब मत किया करो। मुझसे नहीं होते तुम्हारे सम्स।"

इन्दू वहां से उठकर चली गई।

"मम्मी, आजकल आपको क्या हो गया है?"

वहीं हॉल की सीढ़ियों पर छुपकर राहुल बैठा था। दोनों मां-बेटी की बातें सुन रहा था।

"मेरे एग्ज़ाम सिर पे आ गए हैं। वो मोटी फिर फ़र्स्ट आ गई तो मैं क्या करूंगी?"

राहुल ने रिंकी से पूछा।

"मैं बता दूं?"

"तुम्हें आता है?"

"हां, आता है।"

राहुल सीढ़ियां उतर कर रिंकी के पास आ गया। कॉपी लेकर सम करने लगा। छोटी मिन्नी आकर रिंकी से लिपटकर प्यार करने लगी।

"क्या कर रही हो मिन्नी...?"

फिर राहुल से पूछा।

"ये कैसे आता है तुम्हें?"

"मैथ्स में मैं हमेशा फ़र्स्ट आता था। बस हिंदी में थोड़ा-सा वीक था।"

"आगे नहीं पढ़ोगे?"

राहुल चुप रहा। मिन्नी रिंकी के साथ खेलती रही।

"दिल्ली में रहो, यहीं पढ़ना।"

"रह लूं...?"

मिन्नी ने झट हामी भरी।

"हां, यहीं रह लो।"

"आंटी से पूछना पड़ेगा।"

रिंकी ने कहा।

"मम्मी से क्या पूछना, मम्मी को तो सभी बच्चे अच्छे लगते हैं।"

"हां, मम्मी को तो सभी बच्चे अच्छे लगते हैं।"

"मैं भी...?"

"हां...तुमसे ज़रा घबराती है। तुम नए हो ना।"

डी.के. के ऑफ़िस में उसके बॉस धवन कह रहे थे।

"गुप्ता कह रहा था। डिजाइन में काफ़ी काम बाक़ी है।"

"है...तो।"

"डी.के., बंसल साहब के ऑफ़िस में एक हफ़्ते में प्रेज़ेन्टेशन करना है। दो फ़ोन उसके ऑलरेडी आ चुके हैं। क्या हुआ है तुम्हें?"

"सॉरी सर, मेरी कोई पर्सनल प्रॉब्लम है।"

"वर्क इज़ वर्क डी.के...हूं।"

"ओके सर, सारा डिजाइन घर पे लेकर जाता हूं, घर पे ही ख़त्म करने की कोशिश करता हूं।"

कहकर डी.के. बॉस के केबिन से उठकर चला गया।

डी.के. थका-हारा घर आया। मायूस और उदास-सा। सीधा अपने बेडरूम में चला आया। इन्दू जो कपड़े बदल रही थी, उसे देखकर दूसरे रूम में चली गई। डी.के. अपने टेबल पर सामान रखकर कुर्सी पर बैठ गया। इन्दू फिर आकर नींद की गोली और गिलास में पानी लेकर खा ली। यह देखकर डी.के. ने पूछा।

"कब तक लेती रहोगी नींद की गोलियां?"

इन्दू बिस्तर पर लेट गई। बोली–

"जब तक नींद नहीं आती।"

डी.के. ने चुपचाप फिर से अपने ध्यान को काम में लगाने की कोशिश की। लेकिन उलझने लगा। ग़ुस्से में हाथ की पेन्सिल फेंक दी और टेबल लैम्प ऑफ़ कर दिया।

रिंकी राहुल के कमरे में बैठी थी। रिंकी एक चिट्ठी पढ़ रही थी, जो राहुल ने अपने मास्टर जी को लिखा था।

"पूज्य मास्टर जी, मैं यहां बिलकुल अच्छा हूं। वहां मेरे पापा का कोई चिट्ठी आया है।"

रिंकी ने हंसकर तसीह की।

"पापा की कोई चिट्ठी आई है।"

"अच्छा!"

"उनका कुछ पता मिला। यहां अंकल मुझे बहुत प्यार करते हैं। यहां पे एक आंटी भी हैं। वो भी प्यार करती हैं पर अभी शर्माती हैं, आप ठीक हैं।"

मिन्नी राहुल के पास आई और कहने लगी।

"राहुल भैया...ये पेंटिंग बनाया किसने है?"

"मैंने।"

"इसमें कौन-कौन हैं?"

"ये तुम्हारे पापा, ये तुम्हारी मम्मी। तुम्हारी दीदी और तुम।"

"मम्मी की जूड़ी कहां है?"

"वो तो पीछे है ना। नज़र कैसे आएगी?"

मिन्नी पेपर को उल्टा करके देखने लगी।

"हां नज़र कैसे आएगी?...पर तुम कहां हो?"

"मैं तो यहां बैठा हूं।"

"इसमें कहां हो?"

"इसमें तो नहीं हूं। डाल दूं क्या?"

"हां, डाल दो।"

रिंकी को कुछ याद आया और उसने बताया।

"अरे...मम्मी का परसों बर्थ डे है। अरे मैं तो उनके लिए चूड़ियां लाना ही भूल गई।"

"राहुल भैया, आप क्या लाओगे मम्मी के लिए?"

"मैं आंटी के लिए, चूड़ियों के लिए डिब्बा बनाऊं?"

स्टोर रूम में बैठे तीनों बच्चे लकड़ी का डिब्बा बनाने की कोशिश कर रहे थे कि मिन्नी ने कहा।

"मैंने अपनी पोयम बनाई है सुनाऊं?"

रिंकी ने कहा।

"अभी रहने दो।"

लेकिन मिन्नी शुरू हो गई।

"लकड़ी की काठी, काठी का घोड़ा, घोड़े की दुम पे जो मारा हथौड़ा।"

वहीं एक किनारे लकड़ी का घोड़ा रखा था। मिन्नी उस पर बैठ गई और गाने लगी।

लकड़ी की काठी, काठी का घोड़ा,
घोड़े की दुम पे जो मारा हथौड़ा।
दौड़ा...दौड़ा...दौड़ा...दौड़ा...

साथ ही राहुल और रिंकी भी शामिल हो गए।

लकड़ी की काठी, काठी का घोड़ा,
घोड़े की दुम पे जो मारा हथौड़ा।
दौड़ा...दौड़ा...दौड़ा...दौड़ा...
घोड़ा दुम उठा के दौड़ा...

घोड़ा पहुंचा चौक में, चौक में था नाई
घोड़े जी की नाई ने हजामत जो बनाई
दौड़ा...दौड़ा...दौड़ा...दौड़ा...

घोड़ा घमंडी, पहुंचा सब्ज़ी मंडी
सब्ज़ी मंडी बर्फ़ पड़ी थी

बर्फ़ में लग गई ठंडी
तक बक, तक बक, तक बक,

घोड़ा अपना तगड़ा है
देखो कितनी चरबी है
चरता है महरवली में
पर घोड़ा अपना अरबी है
डाक छुड़ा के दौड़ा
दुम उठा के दौड़ा...

दूसरे रोज़ अपनी मम्मी को जन्मदिन की मुबारक बाद देने दोनों लड़कियां, राहुल के साथ अपने मां बाप के बेडरूम में पहुंचे। राहुल बाहर खड़ा रहा। रिंकी ने दरवाज़े से मुड़ के पुकारा।

"राहुल आओ।"

"मैं बाद में आऊंगा।"

कमरे में इन्दू और डी.के. अभी तक सोये हुए थे। रिंकी ने बढ़ कर खिड़की का पर्दा खीच दिया। इन्दू के चेहरे पर धूप पड़ने लगी। इन्दू की आंख खुल गई। दोनों बच्चियों ने साथ में कहा।

"हैप्पी बर्थ डे टू यू।"

"थैंकयू।"

इन्दू ने दोनों बच्चियों को गले से लगा लिया। डी.के. की भी आंख खुल गई थी, उसने भी विश किया।

"हैप्पी बर्थ डे।"

इन्दू ने ख़ुशी से पलट कर देखा। और फिर ख़्याल आने पर चेहरे पर सख़्ती छाने लगी। राहुल दरवाज़े के बाहर ही खड़ा था। इन्दू ने देखा तो उसने भी विश किया।

"हैप्पी बर्थ डे, आंटी।"

इन्दू ने सुस्त आवाज़ में जवाब दिया।

"थैंकयू।"

इन्दू बिस्तर से उठी। फिर सब याद आने पर उसके चेहरे पर बेज़ारी और गुस्सा बढ़ने लगा। वो ऐसे ही अन्दाज़ में बाथरूम में चली गई।

नीचे हॉल में तीनों बच्चे अपने अपने गिफ़्ट पैक कर रहे थे, इन्दू को देने के लिए। रिंकी अपने गिफ़्ट पर कुछ लिख रही थी। मिन्नी ने कहा।

"मैं भी लिखूंगी।"

"ये क्या लिखेगी, बस मेरी राइटिंग ख़राब कर देगी।"

रिंकी लिखने की कोशिश कर रही थी। उसी वक़्त अब्दुल चाय लेकर डायनिंग टेबल पर रखने आया। ये सब देख कर पूछा।

"बच्चो ये क्या कर रहे हो?"

सभी ने अपने गिफ़्ट छुपाने के लिए हाथ पीछे किया। मिन्नी ने अब्दुल को धक्के से हॉल से बाहर निकाल दिया। इन्दू सीढ़ियों से नीचे आ रही थी। मिन्नी ने देख लिया।

"मम्मी आ रही हैं।"

मिन्नी ने मां का हाथ पकड़ा और उसे लिए रिंकी और राहुल जहां बैठे थे वहां ले आई।

"क्या बात है?"

रिंकी ने छुपाया।

"कुछ नहीं...आप बैठिए।"

पास की कुर्सी पर मां को बिठा दिया। इन्दू ने प्रेज़ेंट खोलना शुरू किया।

"ये क्या है?"

"ये आपका बर्थ डे प्रेज़ेन्ट है।"

"क्या है इसमें?"

इन्दू ने प्रेज़ेंट खोलना शुरू किया।

"आप खोलकर देखिए।"

इन्दू ने खोलकर देखा, एक लकड़ी का डिब्बा चूड़ियां रखने का—इन्दू खुश हो गई।

"रिंकी आप लायीं?"

रिंकी ने न में सिर हिलाया।

"नहीं।"

"मिन्नी तो नहीं लायी होगी?"

डी.के. भी सीढ़ियां उतर रहा था। इन्दू ने फिर पूछा।

"कौन लाया इस को?"

मिन्नी ने बताया।

"राहुल भैया ने खुद अपने हाथों से बनाया है।"

इन्दू के चेहरे पर एक खुशी की लहर आई। वो राहुल को प्यार करने के लिए बढ़ने लगी कि डी.के. पर नज़र पड़ी वो रुक गई। मिन्नी ने भी पापा को देखा और बताने लगी।

"पापा देखा, राहुल भैया ने मम्मी के लिए क्या बनाया?"

इन्दू का गुस्सा अभी उतरा नहीं था। वो वहां से किचन में चली गई। रिंकी ने डिब्बा उठाकर बताया।

"देखिए पापा, राहुल ने मम्मी के लिए बनाया।"

डी.के. झुककर देखने लगा।

"हूं, वेरी गुड–ये बॉक्स आपने बनाया, बहुत अच्छा है।"

"आंटी को अच्छा नहीं लगा!"

डी.के. ने मुस्कराकर प्यार किया। मिन्नी ने झट कहा।

"बहुत अच्छा लगा।"

"हां, हां, बहुत अच्छा लगा।"

इन्दू अपने कमरे में बैठी हाथों से चूड़ियां उतार रही थी। तभी उसे गिफ़्ट का ख़्याल आया। उसने वो बॉक्स उठाकर देखा और चूड़ियां उसमें रखने लगी। जैसे उसने राहुल के गिफ़्ट को क़बूल कर लिया।

राहुल अपने बिस्तर पर सोया हुआ था। उसके कमरे का दरवाज़ा खुला और इन्दू अन्दर दाख़िल हुई। वो ग़ौर से राहुल को सोता हुआ देख रही थी। फिर आगे बढ़कर उसने उसका लिहाफ़ ठीक किया। फिर उसका कमरा देखने लगी। राहुल के सिरहाने एक लकड़ी का बॉक्स रखा था। उसे उठाकर देखा। बॉक्स के चारों तरफ़ राहुल की मां भावना की तसवीर लगी थी। वो भावना की तसवीर देखने लगी। आहिस्ता-आहिस्ता इन्दू के अन्दर गुस्सा भरने

लगा। उसका चेहरा नफ़रत से जल उठा। और उस के हाथ से बॉक्स गिर गया। वो जल्दी से पलट कर कमरे से निकल गई।

अपने कमरे में पहुंचकर उसने अपने शीशे में अपना अक्स देखा। फिर अपने बेड के पास रखा राहुल का दिया हुआ बॉक्स उठाया। उसे उस बॉक्स के चारों तरफ़ डी.के. और भावना की तसवीरें दिखने लगीं। उसने गुस्से से बॉक्स को ज़मीन पर दे मारा। बॉक्स गिरने की आवाज़ से डी.के. जाग पड़ा और पूछने लगा।

"क्या हुआ?"

"अपने बेटे को ले जाओ यहां से।"

दूसरे दिन दोपहर में, राहुल स्टोर रूम में लकड़ी का बॉक्स बना रहा था। हथौड़ी से कील ठोंक रहा था कि उसके हाथ में चोट लग गई और ख़ून बहने लगा। राहुल दर्द से चीख़ा।

"मां..."

ख़ून देखकर डर गया। भागता हुआ किचन के दरवाज़े पर आकर खड़ा हो गया। वहां इन्दू कुछ पका रही थी। राहुल दर्द के मारे बोल पड़ा।

"मम्मी..."

ये सुनकर इन्दू एक पल को घबरा गई। बच्चियां तो स्कूल गई हैं। ये कौन है? देखा तो राहुल। गुस्से से कहा।

"मैं तुम्हारी मम्मी नहीं हूं।"

राहुल डांट सुनकर घबरा गया। उलटे क़दमों वापस होने लगा। इन्दू ने डांटा।

"ख़बरदार! जो मुझे दोबारा मम्मी कहा तो..."

राहुल उलटे क़दमों काफ़ी दूर जाकर डरकर इन्दू को देख रहा था। इन्दू गुस्से में भरी किचन से निकलकर ऊपर अपने कमरे में चली गई।

रात में सभी डायनिंग टेबल पर खाना खा रहे थे। मिन्नी और रिंकी लड़ रही थीं। मिन्नी ने कहा।

"मैं गाजर नहीं खाती।"

"स्टूपिड तुझे तो कुछ भी अच्छा नहीं लगता।"

"यू स्टूपिड, यू पागल, यू उल्लू।"

"मम्मी, इसे समझाओ।"

"रिंकी तुम चुपचाप खाना खाओ।"

"राहुल भैया ज़रा गोभी देना।"

राहुल डिश उठाने लगा। डिश थोड़ी दूर थी उसने दूसरा हाथ भी बढ़ाया। उसमें चोट लगी थी। और पट्टी बंधी थी। ख़ून से पट्टी लाल हो गई थी। मिन्नी ये देखकर चीख़ी।

"ख़ून...ख़ून पापा, राहुल के हाथ में ख़ून है। देखो न, राहुल भैया के हाथ में ख़ून है।"

सभी की नज़र उसके हाथ पर गई। डी.के. ने पूछा।

"क्या हुआ बेटे?"

राहुल चुप रहा। डी.के. ने इन्दू से पूछा।

"इन्दू, कैसे लगी इसे?"

इन्दू चुप रही।

"इन्दु, मैं पूछ रहा हूं इसे चोट कैसे लगी?"
"मुझे क्या मालूम, बताया थोड़े था मुझे!"
"घर में बच्चे को चोट लग गई और तुमको मालूम नहीं।"
"बच्चों के सामने मत चिल्लाओ मुझ पर।"

इन्दू उठकर जाने लगी।

"सिर्फ़ इसलिए कि ये तुम्हारा बेटा नहीं है किसी और का है?"
"जो इसका बाप है वही संभाले इसे, मेरे गले क्यूं बांध रहे हो?"

इन्दू गुस्से में भरी चली गई। डी.के. भी गुस्से में उसके पीछे ही कमरे में चला गया। बच्चे उनकी बातें सुनकर सहम गए।

कमरे में पहुंचकर डी.के. ने कहा।

"इन्दू...इन्दू तुम्हें शर्म नहीं आती ऐसी बातें करते हुए।"
"तुमसे ज़्यादा शर्मनाक बात नहीं की मैंने। तुम्हें शर्म आती है अपने किए पर?"

डी.के. रोआंसा होकर चीख़ पड़ा।

"तो बताओ मुझे, मैं क्या करूं...सूली चढ़ जाऊं।" कहकर डी.के. कमरे से निकल गया।

डी.के. अपने ऑफ़िस में बॉस के केबिन में बैठा था। धवन गुस्से में कह रहा था।

“तुम्हें छुट्टी चाहिए?...कैसी बातें करते हो डी.के., तुम्हें मालूम है कितने अर्जेंट काम बाक़ी हैं। आई एम सॉरी, तुम्हें छुट्टी नहीं मिल सकती।”

“सर, अगर मुझे छुट्टी नहीं मिल सकती तो मुझे रिज़ाइन करना पड़ेगा।”

“रिज़ाइन-तुम्हें रिज़ाइन करना पड़ेगा। कैसी बातें करते हो?...बात यहां तक पहुंच चुकी है। लापरवाही की हद होती है, अगर काम नहीं हो सकता था तो पहले कह देना चाहिए था।”

“मैंने आप से पहले कहा था, मेरी पर्सनल प्रॉब्लम है।”

“मेरी भी तो प्रॉब्लम है...सुनो डी.के. मुझे कम्पनी चलानी है। मैं अकेले तो नहीं चला सकता। बोलो, क्या बात है?”

एक ख़ामोशी दोनों के बीच।

“ठीक है जाओ जाओ...तुम्हें अपनी ज़िम्मेदारी मालूम है। जाओ।”

नैनीताल की झील का किनारा। राहुल और डी.के. साथ-साथ थे। राहुल दौड़कर नाव तक पहुंचा।

“अंकल, आप मुझे बोटिंग कराओगे?”

“बिलकुल।”

“और राइडिंग?”

“वो भी कराएंगे।”

“और चेनापीक।”

“जाओगे वहां पैदल।”

"हां...वो रहा मास्टर जी का घर।"

डी.के. ने भी मास्टर जी के घर की तरफ़ देखा। दोनों एक दूसरे के पीछे घर की तरफ़ दौड़े। राहुल पहले घर के पास पहुंचा। पीछे-पीछे डी.के. भी। लेकिन दरवाज़े पर ताला लगा हुआ था। दोनों ने एक दूसरे की जानिब नासमझी से देखा। पीछे से पोस्ट मास्टर तिवारी साहब आ गए। डी.के. ने पहचाना।

"अरे तिवारी जी।"

"कब आए?...नमस्ते।"

"नमस्ते...हम तो राहुल के एडमीशन के लिये राहुल के स्कूल आने वाले थे।"

"हां-हां, प्रिन्सिपल साहब ने मुझे बताया था।"

"राहुल नमस्ते करो तिवारी जी को।"

"नमस्ते अंकल।"

"कैसे हो बेटे...आप?"

"मैं ठीक हूं। आप कैसे हैं?...मास्टर जी कहां हैं।"

तिवारी जी एक पल को चुप हो गए फिर डी.के. की तरफ़ देखकर कहा।

"वो तो गुज़र गए।"

"अरे कब?"

"कुछ दिन पहले। उनको...दिल का दौरा पड़ने से।"

ये सुनकर राहुल बहुत उदास और सुस्त क़दमों से आगे बढ़ गया। डी.के. भी मायूस-सा हो गया। फिर उसी पहाड़ी वादियों में घूम रहे थे। राहुल ने पूछा।

"अंकल, मेरी मम्मी ने मुझसे झूठ तो नहीं बोला।"

"क्या...?"

"ऐसा तो नहीं...मेरे पापा हैं ही नहीं।"

डी.के. बिलकुल ख़ामोश-सा उसे देखे गया।
राहुल दूसरी तरफ़ चल दिया।

एक स्कूल के प्रिन्सिपल के कमरे के बाहर बरामदे में राहुल और तिवारी जी बैठे थे। अन्दर प्रिन्सिपल के ऑफ़िस में डी.के. प्रिन्सिपल को समझा रहा था। बाहर राहुल तिवारी जी से पूछ रहा था।

"तिवारी जी, मेरा एडमीशन हो जाएगा ना?"

"हां, हो जाएगा।"

"फिर मुझे यहीं रहना होगा?"

"हां...यहां हॉस्टल है ना। वहीं पे रहना।"

प्रिन्सिपल के कमरे से डी.के. और प्रिन्सिपल साहब साथ निकले। डी.के. ने पूछा।

"वो राहुल की किताबें कहां से मिल जाएंगी?"

"ऑफ़िस से लिस्ट मिल जाएगी।"

"और यूनीफ़ार्म हम बनवा लें।"

"वो भी यहीं से मिल जाएगी?"

"राहुल यहां आइए, ये आपके प्रिन्सिपल साहब हैं। दिज़ इज़ बॉय।"

"कैसे भेजेंगे इसे?"

तिवारी जी ने कहा।

"मैं दिल्ली जाऊंगा तो इसे लेता आऊंगा।"

"तिवारी जी लेते आएंगे।"

प्रिन्सिपल राहुल के पास आए और उसके सिर पे हाथ रख के कहा।

"हैलो यंग बॉय। तो आप हमारा स्कूल ज्वॉइन करने वाले हैं।"

“थैंक्यू बोलो बेटा, प्रिन्सिपल साहब तुम्हारे एडमीशन के लिये मान गए हैं। थैंक्यू बोलो।”

राहुल चुप रहा, कुछ बोला ही नहीं। डी.के. और प्रिन्सिपल साहब आगे बढ़ गए। राहुल और तिवारी जी भी साथ-साथ चल रहे थे।

“तो सर फ़ीस के लिए मैं चेक भेज दूंगा।”

सभी चलते हुए बिल्डिंग के दरवाज़े तक आ गए। जहां से नीचे की तरफ़ सीढ़ियां गेट तक जा रही थीं। डी.के. और प्रिन्सिपल अभी तक बात कर रहे थे।

“ऑफ़िस दो दिन बाद खुलेगा। आप आके, एडमीशन फ़ॉर्म भर दीजिए।”

“जी, ओके बहुत-बहुत थैंक्यू।”

“दस दिन बाद इसे भेज देना। डोन्ट बी लेट।”

“ओके सर, थैंक्यू वैरी मच।”

प्रिन्सिपल वहीं खड़े रह गए, और वो तीनों बाहर निकल गए।

नैनीताल का होटल, डी.के. अख़बार पढ़ रहा था। राहुल बाथरूम से पाजामा पकड़े-पकड़े आया और डी.के. से बोला।

“अंकल, ये नाड़ा अन्दर चला गया।”

डी.के. ने ध्यान से देखा।

“नाड़ा अन्दर गया?...इसको बांधो ना ऊपर से।”

डी.के. परेशान हुआ। उसे भी नाड़ा डालना नहीं आता था।

“इधर आओ।”

डी.के. ने नाड़ा पकड़ा बांधना चाहा। लेकिन नाड़ा पूरा बाहर आ गया। ये देखकर दोनों हंस पड़े।

''ऐसे ही सो जाओ ना।''

''नहीं, गिर जाएगा।''

''अरे, कुछ नहीं गिरेगा।''

डी.के. ने राहुल को गोद में उठाकर अपने बग़ल में सुला लिया।

''अंकल, टाइम क्या हुआ?''

''साढ़े आठ, क्यूं?''

''मिन्नी बाथरूम में ब्रश कर रही होगी और रिंकी ज़ोर-ज़ोर से दरवाज़ा खटखटा रही होगी।''

डी.के. के घर में सचमुच, मिन्नी बाथरूम में ब्रश कर रही थी और रिंकी ज़ोर-ज़ोर से दरवाज़ा खटखटा रही थी।

''जल्दी कर न मिन्नी। जल्दी कर।''

मिन्नी ने दरवाज़ा खोला तो अभी तक उसके मुंह में पेस्ट लगा हुआ था। पूरा मुंह झाग से भरा था। इन्दू भी आ गई और पूछा।

''अरे, इतना शोर क्यूं मचा रखा है?''

''मम्मी, इस मिन्नी से कहो ना। कितनी देर से बाथरूम में...''

इन्दू ने मिन्नी को देखा। उसका मुंह अभी तक गंदा था।

''छी गंदी बच्ची, मुंह धो जाके।''

कुछ सोचकर बोली।

''और सुनो, तुम दोनों आज मेरे साथ ही सो जाना।''

मिन्नी ने पूछा।

"मम्मी, आपको अकेले में डर लगता है?"

इन्दू ने जवाब नहीं दिया और वापस चली गई।

नैनीताल में पहाड़ियों के बीच वादियों में घूमते हुए डी.के. के साथ राहुल बहुत ख़ुश था। एक जगह घास पर दोनों लेट गए। राहुल ने कहा।

"अंकल, आप मुझे बहुत अच्छे लगते हैं।"

"बेटे, आप भी हमें बहुत अच्छे लगते हो।"

"जब पापा आएंगे तो मैं उनके साथ नहीं रहूंगा।"

"क्यूं...?"

"मैं आपके साथ ही रहूंगा।"

डी.के. उसे देखने लगा और सोचने लगा। राहुल फिर बोला।

"क्या मैं आपको पापा बना सकूंगा?"

डी.के. खड़ा हो गया। वादियों में चीड़ के पेड़ों से टकराता एक गीत गूंज उठा।

तुझसे नाराज़ नहीं ज़िंदगी, हैरान हूं मैं
तेरे मासूम सवालों से परेशान हूं मैं

जीने के लिए सोचा ही नहीं, दर्द संभालने होंगे
मुस्कराएं तो मुस्कराने के क़र्ज़ उतारने होंगे
मुस्कराऊं जब भी तो लगता है
जैसे होंठों पे क़र्ज़ रखा है

राहुल डी.के. के साथ घुड़सवारी कर रहा था। कभी झील में मछलियां मार रहे थे। दोनों साथ-साथ बहुत ख़ुश थे, बहुत मज़ा ले रहे थे।

ज़िंदगी तेरे ग़म ने हमें, रिश्ते नए समझाये
मिले जो हमें धूप में मिले, छांव के ठंडे साये
आज अगर भर आई हैं, बूंदें बरस जाएंगी
कल क्या पता, इनके लिए आंखें तरस जाएंगी

डी.के. राहुल के स्कूल के प्रिन्सिपल के कमरे से निकल रहा था। बाहर राहुल खड़ा था। उससे कहा।

"थैंक्यू फ़ादर। थैंक्यू।"

फिर राहुल को साथ लेकर चलने लगा। राहुल बोला।

"मुझे इस स्कूल में नहीं रहना है।"

"क्यूं...?"

"मुझे अच्छा नहीं लगता।"

"आप कुछ दिन यहां रहिए। आपको अच्छा लगने लगेगा। और भी बच्चे रहते हैं।"

"मैं दिल्ली में नहीं रह सकता?"

"नहीं, आपको यहीं रहना है कुछ दिन, हॉस्टल में। समझे।"

"मैं आपके साथ क्यूं नहीं रह सकता?"

राहुल डी.के. को छोड़कर हॉस्टल की तरफ़ भागा। लेकिन वहां के कमरे और हॉस्टल वार्डन का चेहरा देखकर वापस लौटकर डी.के. के पास आ गया। डी.के. ने उसे गोद में ले लिया। फिर गीत के बोल चल पड़े।

जाने कब गुम हुआ, कहां खोया

एक आंसू छुपा के रखा था
तुझसे नाराज़ नहीं ज़िंदगी...

राहुल को डी.के. ने अपनी पीठ पर चढ़ा लिया और वादियों में घूमता रहा।

एक टैक्सी में डी.के और राहुल वापस दिल्ली आए थे। बंगले में ऊपर बालकनी में रिंकी और मिन्नी बैठी थीं। टैक्सी की आवाज़ सुनकर नीचे देखा और चिल्ला पड़ीं।

''पापा आ गए, पापा आ गए।''

अपनी किताबें वहीं छोड़कर दोनों नीचे भागीं। मिन्नी पहले मम्मी के कमरे में गई।

''मम्मी-मम्मी, पापा आ गए।''

टैक्सी से राहुल और डी.के. निकले। राहुल बहुत खुश था वापस आने पर। इन्दू तेज़ी से उठी आईने में अपने अक्स को देखा। कंघी लेकर बाल ठीक किया और मुड़कर जाने लगी कि याद आया वही दर्द, वही गुस्सा, नाराज़गी। नीचे हॉल में राहुल और डी.के. पहुंच गए। बच्चियां ख़ुशी से पापा से लिपट गईं। डी.के. ने दोनों को प्यार किया। मिन्नी चिल्ला रही थी।

''पापा आ गए, पापा आ गए।''

डी.के. उनसे मिलकर अपने कमरे की तरफ़ बढ़ गया। बच्चे आपस में मिले। रिंकी ने कहा।

''हैलो राहुल।''

''हैलो-हैलो मिन्नी।''

मिन्नी शर्माकर रिंकी के पीछे छुप गई।

"अभी इतना चिल्ला रही थी। राहुल भैया आ गए। राहुल भैया आ गए और अभी बात नहीं कर रही है। अभी इतना शर्मा रही है। थोड़ी देर बाद उतना ही तुम्हारे पीछे पड़ जाएगी।"

रात में तीनों बच्चे खेल रहे थे। एक दूसरे पर तकिया फेंक रहे थे। रिंकी ने राहुल से पूछा।

"राहुल तुम्हें...नैनीताल के स्कूल में एडमीशन मिल गया?"

"हां..."

"तो तुम चले जाओगे?"

"हां!"

ये कहते हुए राहुल उदास हो गया और हाथ का तकिया रख दिया। मिन्नी और रिंकी भी चुप-सी उसके पास आकर बैठ गईं।

अब्दुल ने गेट खोला तो चंदा तेज़ी से अन्दर दाख़िल हुई। और इन्दू के पास आकर गले लग गई। चंदा के चेहरे से खुशी फूट रही थी।

"इन्दू।"

"चंदा, क्या हुआ?"

"मेजर साहब...और मैं फिर से...तुम समझ गई ना। मैं क्या कहना चाहती हूं।"

"हां।"

चंदा बहुत खुश थी। लेकिन इन्दू अपने दुख से परेशान थी।

"ओ हो इन्दू...दिज़ इज़ दी बेस्ट डे ऑफ़ माई लाइफ़।"

"तुम तो कहती थी...तुम्हें किसी सहारे की ज़रूरत नहीं है। किसी परिवार की ज़रूरत नहीं है, क्योंकि तुम आज़ाद औरत हो।"

चंदा खिलखिलाकर हंस पड़ी।

"आई नो...अगर मैं सिर्फ़ औरत होती तो सब ठीक था। लेकिन मैं मां भी तो हूं। जब मेरे बेटे ने मेरा हाथ पकड़ के कहा। 'प्लीज़ मम्मी घर चलो।' तो मुझसे रहा नहीं गया। मुझसे रहा नहीं गया, इन्दू।"

इन्दू चंदा के और क़रीब आकर बैठ गई। चंदा ने कहा।

"एक बात कहूं इन्दू, जब मां की भावना जागती है, तब उसके सामने औरत खड़ी नहीं रह सकती।"

इन्दू एकटक चंदा के खिले-खिले चेहरे को देखती रही। जैसे वो जो कह रही थी वो समझने की कोशिश कर रही हो। गेट से उसकी दोनों बच्चियों की आवाज़ें आईं। दोनों स्कूल से वापस आई थीं।

"मम्मी...मम्मी...हैलो आंटी।"

मिन्नी ने रिंकी की तरफ़ देखा, रिंकी ने कहा।

"तू बता ना।"

"तू बता ना, मम्मी, रिंकी क्लास में फ़र्स्ट आ गई।"

इन्दू ने प्यार से रिंकी को भींच लिया। मिन्नी ने कहा।

"राहुल भैया ने तो सिखाया, तभी तो फ़र्स्ट आई। वरना नहीं आती।"

चंदा ने पूछा।

"राहुल कौन?"

मिन्नी ने कहा।

"राहुल भैया।"

इन्दू ने कहा।

"वो जिसके बारे में बताया था।"

"अच्छा हुआ बच्चे घुल-मिल गए।"

ये सुनकर इन्दू ने ताज्जुब से चंदा की तरफ़ देखा। पहले तो ख़ुद भगाने को कहा और अब...

डी.के. अपने ऑफ़िस में सेक्रेटरी से किसी फ़ाइल के बारे में पूछ रहा था। वहीं राहुल भी खड़ा सब सुन रहा था और देख रहा था।

"मेरे पर्सनल काग़ज़ हैं। पर्सनल काग़ज़ हैं राहुल के। नैनीताल के सारे पेपर। वो कहां हैं?...वो सब एक पर्सनल फ़ाइल में रखना था। आपसे कहा था। वो सब नैनीताल भेजना है। राहुल के साथ...उस ड्रॉअर में देखिए...आख़िरी वाला..."

डी.के. ख़ुद भी दूसरी तरफ़ ढूंढ़ने लगा।

"सर, यही पेपर हैं?"

"यही हैं। इसको फ़ाइल में रखना चाहिए था।"

"सॉरी सर।"

"राहुल बेटे, ये तुम्हारे काग़ज़ हैं। उन्हें तुम्हें अपने साथ ले जाना होगा। संभाल लो।"

"ठीक है अंकल।"

"जाओ मेरे केबिन में बैठो। मैं आता हूं।"

राहुल सामने के केबिन में चला गया। अन्दर आकर एक कुर्सी पर बैठ गया। सेक्रेटरी

भी वहीं आई और एक लिफ़ाफ़ा देते हुए बोली।

"बेटे, ये चिट्ठी उन कागज़ों में से गिर गई होगी, उनमें रख दो।"

"किसकी है?"

सेक्रेटरी ने चिट्ठी पर लिखा पता पढ़ा।

"मिस्टर मल्होत्रा-फ्रॉम गुरूदयाल सिंह, नैनीताल।"

ये सुनकर राहुल बोला।

"मुझे दे दो।"

राहुल ने लिफ़ाफ़ा देखा और अन्दर से चिट्ठी निकाली और पढ़ने लगा।

डी.के. के बॉस मिस्टर धवन अपने केबिन में किसी से फ़ोन पर बात कर रहे थे।

"ओह, आई सी, अच्छा...अच्छा।"

डी.के. ने केबिन में झांका। धवन ने उसे अन्दर आने का इशारा किया। फ़ोन पर वो बंसल साहब से बात कर रहे थे।

"वो तो मालूम था...आपको ज़रूर पसन्द आएगी। ठीक है...हां...हां...मैं दो-चार दिन बाद फ़ोन कर लूंगा। थैंक्यू।"

फ़ोन रखकर वो डी.के. से बोले।

"डी.के., लगता है बंसल साहब को तुम्हारा प्रपोज़ल बहुत पसन्द आया।"

डी.के. और धवन साहब बात करते हुए बाहर निकले। डी.के. ने अपने केबिन में बैठे राहुल को पुकारा।

"चलो...राहुल। चलो...वो पेपर ले लो।"

राहुल डी.के. की तरफ़ एकटक देखता रहा। फिर उठकर उसकी तरफ़ आया। धवन साहब ने पूछा।

"ये बच्चा कौन है?"

"ये राहुल है। नमस्ते करो।"

"नमस्ते।"

राहुल चुप-चुप-सा था उस चिट्ठी को पढ़ने के बाद। धवन साहब ने कहा।

"हैलो माई सन, किसका बेटा है?"

कुछ रुककर बोला।

"मेरे एक...दोस्त का सर।"

ये सुनकर राहुल की आंखें भर आईं।

"कहां जा रहा है?"

"नैनीताल सर।"

राहुल आंसुओं से भरी आंखों से डी.के. को देखे जा रहा था।

रात के वक़्त इन्दू अपनी बच्चियों के कमरे में देखने आई थी। उनके लिहाफ़ को ठीक किया। जब कमरे से बाहर आई तो देखा मेन गेट खुला हुआ था। वो गेट पर आई तो एक स्वेटर गिरा पड़ा था। इन्दू स्वेटर लेकर कुछ सोचकर राहुल के कमरे में आई तो देखा कि राहुल का बिस्तर ख़ाली था। बाथरूम में देखा वहां भी नहीं था। फिर बाहर लॉन में आई और इधर-उधर देखा, कहीं नहीं था। वो दौड़कर अपने कमरे में गई और डी.के. को उठाया।

"डी.के., डी.के. राहुल घर में नहीं है।"

"क्या...?"

"हां!...मैंने सब जगह ढूंढ़ लिया। घर का दरवाज़ा खुला हुआ था।"

डी.के. उठकर इन्दू के साथ घर के बाहर आया लॉन में। और आवाज़ें लगाईं।

"राहुल...राहुल..."

इन्दू ने भी पुकारा।

"राहुल..."

घर में रिंकी उनकी आवाज़ सुनकर उठ बैठी और मां को पुकारने लगी। डी.के. और इन्दू ने सारा घर छान मारा लेकिन राहुल का कहीं पता नहीं था। इन्दू और डी.के. गेट के पास परेशान खड़े थे। ऊपर से रिंकी ने आवाज़ दी।

"मम्मी..."

रिंकी को देखकर डी.के. ने इन्दू से कहा।

"तुम बच्चों को घर में देखो। मैं बाहर देखकर आता हूं।"

डी.के. तेज़ी से गेट के बाहर गया राहुल को देखता। इन्दू ऊपर चली आई तो रिंकी ने पूछा।

"मम्मी...मम्मी...राहुल को क्या हो गया?"

"कुछ नहीं।"

"पर पापा, राहुल...राहुल क्यूं बुला रहे थे?"

"कुछ नहीं।"

इन्दू रिंकी को लेकर उसके कमरे में आई तो मिन्नी जो जाग पड़ी थी। दोनों को आता देख रोने लगी। इन्दू ने प्यार से चुप कराया।

डी.के. सड़क पर तेज़ी से बढ़ता, इधर-उधर देखता राहुल को आवाज़ें देता हुआ ढूंढ़ रहा था।

"राहुल...राहुल..."

एक बंगले के बाहर चौकीदार से डी.के. ने पूछा।

"एक बच्चा देखा, गोरे रंग का है?"

"नहीं साहब।"

"नीली आंखे थीं।"

"नहीं साहब।"

डी.के. दूसरी तरफ़ मुड़कर सड़क की दूसरी तरफ़ चल दिया।

"राहुल...राहुल..."

डी.के. घर पे लौट आया। इन्दू ने दरवाज़ा खोला।

"कुछ पता नहीं चला। तुम पुलिस को फ़ोन करो। मैं गाड़ी निकालता हूं।"

इन्दू फ़ोन करने लगी। डी.के. ने उसके हाथ से फ़ोन लिया।

"पहले सूरी को फ़ोन करता हूं...हैलो, सूरी साहब को बुलाओ। मुझे मालूम है सो रहे होंगे। उठाओ उन्हें। सूरी साहब को बुलाओ बहुत ज़रूरी काम है। मैं डी.के. बोल रहा हूं। (गुस्से में) मैं कह रहा हूं ना, उठाओ उसको।"

फिर इन्दू से कहा।

"इन्दू...फ़ोन लो...सूरी साहब से कहना तैयार रहें मैं उनके पास पहुंच रहा हूं।"

इन्दू ने फ़ोन लिया। डी.के. तेज़ी से बाहर निकल गया।

डी.के. गाड़ी में चला जा रहा था। सूरी साहब के बंगले के पास पहुंचा तो सूरी साहब तैयार होकर खड़े थे।

"कम ऑन सूरी...जल्दी से बैठो।"

सूरी साहब कार में बैठ गए। गाड़ी तेज़ी से आगे बढ़ी। दोनों सड़क के दोनों तरफ़ देखते जा रहे थे। डी.के. को कुछ दूरी पर एक बच्चा नज़र आया। डी.के. गाड़ी रोककर चिल्लाता भागा।

"राहुल...राहुल..."

आवाज़ सुनकर बच्चा भी भागा।

"राहुल...कहां भागे जा रहे हो?"

डी.के. ने तेज़ी से भागकर उसे जला लिया। लेकिन वो राहुल नहीं था, बच्चे ने डरकर अपना हाथ छुड़ाया और भाग गया। डी.के. मायूस गाड़ी के पास वापस आया।

"सूरी वो नहीं है। कहां मर गया। कहां चला गया।"

सूरी ने डी.के. को सहारा दिया।

"कम डाउन डी.के. वो बच्चा नहीं था। चलो पुलिस थाने चलते हैं।"

फिर गाड़ी पुलिस थाने की तरफ़ चल दी।

घर पे इन्दू बच्चियों के पास बैठी थी। बच्चियां भी डर-सी गई थीं।

थाने में डी.के. और सूरी साहब बैठे थे। थानेदार आराम से फ़ोन पर किसी से बात कर रहा था। डी.के. को गुस्सा आ रहा था। थानेदार ने फ़ोन रखा तो कहा।

"आप ज़रा जल्दी कर सकते हैं?"

थानेदार ने रिपोर्ट लिखना शुरू किया।

"बाप का नाम?"

डी.के. ने गुस्से में पूछा।

"बाप का नाम जानकर क्या करेंगे?...बच्चे का नाम है अपके पास, उसका पूरा नाम डिस्क्रपशन आपके पास हैं। उसे ढूंढ़ के, उसके बाप का नाम पूछोगे?"

डी.के. गुस्से में था-थानेदार ने सवाल दोहराया।

"बाप का नाम?"

सूरी बोलने लगा।

"डी..."

डी.के. ने सर झुकाकर कहा।

"डी.के. मल्होत्रा।"

"ज़रा ज़ोर से बोलिए।"

"डी.के. मल्होत्रा, क्या आपको सुनाई नहीं देता क्या?"

सूरी ने समझाया।

"चुप यार चुप।"

घर का फ़ोन बजा। इन्दू ने फ़ोन उठाया। फ़ोन पर डी.के. था।

"डी.के. कुछ मालूम हुआ? कहां से बोल रहे हो?"

"यहां पोलिस स्टेशन के पास पेट्रोल पम्प है वहां से बोल रहा हूं। रिपोर्ट तो लिखा दी।"

बोलते हुए डी.के. की आवाज़ बिलकुल दब गई, गला भर आया।

"कुछ पता नहीं चल रहा है। क्या हो गया उसको?"

डी.के. रोने लगा। इन्दू ने समझाया।

"डी.के...डी.के...देखो डी.के. तुम घर आ जाओ। वहां बैठे रहने से क्या होगा?"

डी.के. ने फ़ोन रखा। सूरी साहब उसके क़रीब आ गए।

"क्या कहा?"

डी.के. चुप रहा।

सूरी और डी.के. थोड़ी देर बाद फिर पुलिस स्टेशन पहुंचे। सूरी साहब ने पूछा।

"कुछ मालूम हुआ साहब?"

"जी नहीं, अभी कोई ख़बर नहीं।"

डी.के. कुर्सी पर बैठ गया और गुस्से में पूछा।

"आप ये बताइए, आपका इतना बड़ा पुलिस डिपार्टमेंट किस काम का है?...एक बच्चे को नहीं खोज पा रहा है?"

सूरी ने डी.के. को संभाला, और थानेदार से कहा।

"सॉरी...तू चल ना।"

डी.के. को खींचकर सूरी साहब गाड़ी तक ले आए।

डी.के. के घर की घंटी बजी। इन्दू ने दरवाज़ा खोला तो देखा सामने राहुल खड़ा था एक पुलिस वाले के साथ।

"ये लड़का हमें मिला, क्या ये आपका है?...ये चिट्ठी इसकी जेब से मिली। हमें बता ही नहीं रहा था। कहां रहता है?...इसमें यहां का पता लिखा है।"

राहुल सहमा हुआ घर में दाख़िल हुआ। ये चिट्ठी वही थी जिसे राहुल ने पढ़ा था और घर छोड़ दिया था। उससे उसे पता चल गया था कि डी.के. उसके पिता थे और वो उसे अपना नहीं रहे थे। इन्दू ने राहुल से पूछा।

"कहां गए थे?"

राहुल चुप रहा। उसके चेहरे पर एक दर्द की सोच उतर रही थी।

"मैं पूछ रही हूं...कहां गए थे?"

राहुल अभी भी चुप ही रहा।

"मैं कुछ पूछ रही हूं। कहां गए थे?"

राहुल कुछ आगे बढ़कर रुक गया।

"तुम्हें शर्म नहीं आती, मेहमान बनकर किसी के घर में आए हो। तुम्हारे लिए इतना कुछ कर रहे हैं।"

राहुल चुप रहा। जैसे उसे कुछ सुनाई नहीं दे रहा। जैसे सबकुछ खो चुका हो। इन्दू बोलती रही।

"बजाय इसके कि एहसानमंद होते, ऐसी हरकत करते हो तुम। अब मेरे सामने ऐसे बुत बनकर खड़े होने से क्या होगा?...इतना भी नहीं कि आ के माफ़ी मांग लो। सॉरी कह दो। चले जाओ... छुटकारा मिल जाएगा सबको। जब से आए हो इस घर का चैन ख़त्म हो गया है। तुम्हें मालूम है रिंकी और मिन्नी कितना परेशान हो रहे थे। मिन्नी का तो रो-रोकर बुरा हाल हो गया था और मैं तब से इस घर में चक्कर काट रही हूं...अगर तुम्हें कुछ हो जाता तो हम लोग कहां जाते, क्या करते?..."

राहुल बस चुप-सा रहा और सब सुनता रहा।

"आधी रात में कोई अकेले जाता है इस शहर में?...बच्चों को उठाकर ले जाते हैं लोग। सारे शहर की पुलिस ढूंढ़ रही है। अगर तुम्हें कुछ हो जाता तो...तुम्हारे पापा और मैं...मेरा मतलब है, तुम्हारे अंकल और मैं..."

राहुल ने पहली बार घूमकर इन्दू की आंखों में देखा और ज़ुबान खोली।

"मुझे मालूम है।"

"क्या मालूम है?"

"कि वो मेरे पापा हैं, चिट्ठी में लिखा है।"

राहुल इतना कहकर स्टडी रूम में चला गया। इन्दू एकदम चुप हो गई। और हाथ में पकड़ी चिट्ठी को घूरने लगी। उसका सारा गुस्सा सोच में ढल रहा था। राहुल को सच्चाई का पता चल गया है। इसलिए उसका ऐसा रवैया हो रहा है।

राहुल अपने कमरे में दीवार में सिर छुपाये रोता रहा। डी.के. और सूरी साहब घर आए। इन्दू वहीं खड़ी थी। राहुल की सिसकी सुनाई दे रही थी। डी.के. राहुल के कमरे की तरफ़ देखने लगा।

"राहुल..."

डी.के. बेअख़्तियार उसकी तरफ़ बढ़ने लगा। इन्दू ने रोका।

"रहने दो उसे..."

डी.के. रुक गया। इन्दू के क़रीब आया तो इन्दू ने बताया।

"उसे मालूम हो गया है कि तुम उसके पापा लगते हो।"

"कैसे?..."

"उसके पास ये चिट्ठी थी।"

इन्दू ने वो चिट्ठी डी.के. को दी। डी.के. चिट्ठी लेकर सूरी की तरफ़ देखने लगा। सूरी ने इशारे से उसे राहुल के पास जाने को कहा। डी.के. राहुल के कमरे में गया।

"राहुल...बेटे...तुम कब घर आए?...मुझसे नाराज़ हो?...मैंने और सूरी अंकल ने तुम्हें बहुत ढूंढ़ा।"

राहुल ने मुड़कर नहीं देखा और कमरे के दूसरी तरफ़ चला गया।

डी.के. मायूस-सा हॉल में वापस आया। जहां सूरी साहब और इन्दू थे। डी.के. का सर झुका हुआ था। सूरी साहब ने पूछा।

"क्या हुआ?"

"कुछ भी नहीं।"
"क्या कहा?"
"कुछ बोलता ही नहीं। आई कैन अंडरस्टैंड।"
"हां, हम समझते हैं। जो बच्चा इतने सालों से अपने बाप के पास पहुंचने की कोशिश कर रहा हो, और जब पहुंच जाए..."

डी.के. सुनता रहा। इन्दू की भी आंखें भर आईं। हर कोई अपने आपको गुनहगार समझ रहा था। उसके बचपन को छीनने का—सूरी आगे कहता रहा।

"और बाप उसे स्वीकार ही नहीं कर रहा हो। उसे अलग रख दे। उसे कहीं दूर भेज दे। डी.के. सोचो, उस बच्चे के दिल पर क्या गुज़रेगी?"

इतना कहकर सूरी साहब अपने घर चले गए। डी.के. ने इन्दू से ऊपर अपने कमरे में चलने को कहा।

"चलो।"
"कहां?...मैं थोड़ी देर बाद आती हूं।"
"सुनो...सुबह तुम बच्चों को टैक्सी में स्कूल में छोड़ आना। मैं राहुल को स्टेशन ले ज़ाऊंगा।"

डी.के. ऊपर अपने कमरे में चला गया। इन्दू वहीं बैठी सोचती रही। और फिर वही गीत के बोल याद आने लगे।

"जिन्दगी तेरे ग़म ने हमें, रिश्ते नए समझाए
मिले जो हमें धूप में मिले, छांव के ठंडे साये
तुझसे नाराज़ नहीं ज़िन्दगी हैरान हूं मैं..."

इन्दू राहुल के कमरे में आई। राहुल अपने बिस्तर पर लेटा हुआ था। उसने लिहाफ़ राहुल

पर ओढ़ाया। इन्दू की आंखों में आंसू भर आए थे। राहुल ने धीरे से आंखें खोलीं।

"सॉरी...आंटी..."

इन्दू ये सुनकर बर्दाश्त नहीं कर पाई और कमरे से भागती हुई निकली और सीढ़ियों पर बैठकर रोने लगी।

सुबह रिंकी और मिन्नी स्कूल जा रही थीं। इन्दू उन्हें टैक्सी से छोड़ने जा रही थी। राहुल निकलकर उनके पास आया। दोनों बहनों को मालूम था राहुल नैनीताल जा रहा है। रिंकी ने कहा।

"बाय-बाय राहुल।"

"बाय-बाय।"

मिन्नी राहुल के पास आकर उसके दोनों हाथों को थाम लिया। रिंकी ने आवाज़ दी।

"चलो मिन्नी, चलो मिन्नी, देर हो रही है।"

मिन्नी राहुल का हाथ नहीं छोड़ रही थी। रिंकी उनके पास आई और हाथ छुड़ाकर ले गई। टैक्सी में दोनों बैठीं। इन्दू भी राहुल को देख रही थी। टैक्सी चल पड़ी। राहुल टैक्सी के पीछे थोड़ा-सा भागा फिर रुक गया। टैक्सी में बच्चियां और इन्दू खुद भी बहुत उदास थी। रिंकी ने मां से पूछा।

"मम्मी, राहुल क्यूं भाग गया था?"

"पता नहीं।"

"अब...अब वो वापस नहीं आएगा मम्मी?"

"पता नहीं।"

"वो उधर जाकर, किसके पास रहेगा?"

"पता नहीं।"

"अपने पापा के पास।"

"लेकिन उसके तो पापा हैं ही नहीं।"

इन्दू चौंककर रिंकी की तरफ़ देखने लगी। मिन्नी कहने लगी।

"हां...हां...उन्होंने अपने पापा की तसवीर बनाकर दिखाया था।"

मिन्नी ने अपने बैग से एक कॉपी निकाली। रिंकी बोली।

"अरे, ये तो राहुल की स्केच बुक है।"

"हां...उन्होंने मुझे दी है।"

और मिन्नी ने तसवीरें दिखाते हुए बताया।

"ये मम्मी, ये पापा, ये तुम, ये मैं और ये राहुल भैया।"

इन्दू भी तसवीरें देखने लगी। एक तसवीर में राहुल की तसवीर बनने के बाद काटी गई थी। इन्दू ने पूछा।

"मिन्नी, तुमने राहुल की फ़ोटू काटी।"

"नहीं।"

इन्दू सोच में पड़ गई।

डी.के. अपनी कार से राहुल को रेलवे स्टेशन ले जा रहा था। जहां तिवारी जी आने वाले थे, राहुल को लेने। डी.के. बिलकुल ख़ामोशी से ड्राइविंग कर रहा था, बग़ल में राहुल भी ख़ामोश बैठा था।

इन्दू टैक्सी से वापस घर आई और तेज़ी से घर में दाख़िल हुई और नौकर को आवाज़ दी।

"अब्दुल...साहब कहां हैं?"

"वो तो राहुल बाबा को लेकर दिल्ली रेलवे स्टेशन चले गए।"

दिल्ली स्टेशन का एक नम्बर प्लेटफ़ॉर्म भीड़ से भरा हुआ। तिवारी जी तेज़ी से मेन गेट की तरफ़ जा रहे थे। डी.के. सामने से आ रहा था। उसने उन्हें आवाज़ दी।

"अरे तिवारी जी।"

"जी...डी.के. साहब।"

"कैसे हैं...?"

"ठीक। अरे राहुल बेटे कैसे हो?...चलिए ट्रेन का टाइम हो गया है।"

"चलिए।"

तिवारी जी ने राहुल का सूटकेस लेकर उसका हाथ पकड़ लिया। तीनों ट्रेन की तरफ़ जाने लगे। ट्रेन में डिब्बे तक पहुंचकर तिवारी जी अन्दर चले गए और सामान अपनी सीट पर रखा। राहुल बाहर ही खड़ा रहा जैसे जाना ही नहीं चाहता। तिवारी जी भी आ गए और कहा।

"चलो बेटे राहुल। ट्रेन का टाइम हो गया।"

राहुल चलने लगा कि कुछ सोचकर डी.के. की तरफ़ मुड़ा और पूछा।

"आप मुझे मिलने आएंगे?"

"हां...बेटे ज़रूर आएंगे।"

डी.के. के चेहरे पर एक दर्द लहरा गया।

"आप फिर से मुझे भूल तो नहीं जाएंगे?"

"नहीं बेटे, कभी नहीं। अब नहीं। तुम तो नहीं भूलोगे हमें?"

"आपको मैं कैसे भूल सकता हूं। आप तो मेरे पापा हैं ना।"

"हां-हां बेटा, मैं आपका पापा हूं। मैं आपका पापा हूं।"

राहुल ये सुनकर डी.के. के गले लगकर रोने लगा। डी.के. भी रोने लगा। तिवारी जी ने कहा।

"आओ बेटे, ट्रेन का टाइम हो गया है।"

डी.के. ने राहुल को गोद में ले लिया और ट्रेन के डिब्बे की तरफ़ बढ़ने लगा। तिवारी जी से पूछा।

"खाने का इन्तज़ाम कर दिया ना?"

"हां।"

"और पानी?..."

"वो भी रख लिया।"

"इसे बाहर का पानी मत दीजिएगा। वो बोतल का गर्म पानी है। बेटे वो बोतल कहां है?"

"वो तो गाड़ी में छूट गई।"

तिवारी जी ने कहा।

"साहब, गाड़ी छूटने का टाइम हो गया।"

"मैं अभी लेकर आता हूं।"

राहुल को गाड़ी में बिठाकर डी.के. दौड़ा अपनी कार की तरफ़। तिवारी जी ने कहा।

"डी.के. साहब, ट्रेन छूटने का वक़्त हो गया।"

लेकिन डी.के. रुका नहीं। तिवारी जी और राहुल उसे देखते रहे।

डी.के. जैसे ही प्लेटफ़ॉर्म के बाहर निकलने लगा। एक टी.सी. ने उसे रोककर टिकट मांगा। डी.के. अपनी जेब में तलाशने लगा।

"टी.सी. साहब मुझे एक मिनट में बाहर से कुछ लाना है।"

"टिकट।"

"मेरा बच्चा गाड़ी में बैठा है। उसकी वाटर बोतल लानी है।"

"आप यहां खड़े हो जाइए।"

"मैं आपसे कह रहा हूं, टिकट है मेरे पास।"

"मैं जो कह रहा हूं। आप इधर खड़े हो जाइए।"

डी.के. ने अपना पर्स देखा उसमें भी टिकट नहीं था।

डी.के. अपनी कार के पास पहुंचा। उसकी कार के बग़ल में दूसरी कार खड़ी थी। जिसकी वजह से डी.के. अपनी कार का दरवाज़ा नहीं खोल पा रहा था। एक आदमी जो पहले से खड़ा था बोला।

"वो आदमी की गाड़ी है।"

''ओ...भाई...''

डी.के. की कुछ समझ में नहीं आ रहा था। उस कार का आदमी पास आया। डी.के. ने कहा।

''अपनी गाड़ी हटाइये। ऐसे लगा रखा है। दूसरा आदमी दरवाज़ा खोल नहीं सकता। हटाइये।''

''हां...हां...अभी निकालता हूं।''

''यहां मेरी गाड़ी छूट रही है।''

उस आदमी ने गाड़ी हटाई। डी.के. तेज़ी से कार का दरवाज़ा खोलकर पानी की बोतल लेकर भागा, स्टेशन के अन्दर। डी.के. प्लेटफ़ॉर्म पर पहुंचा तो गाड़ी छूट चुकी थी। प्लेटफ़ॉर्म को छोड़ती हुई गाड़ी आगे जा रही थी और डी.के. अपने हाथ में पकड़ी बोतल को देखता रह गया।

स्टेशन से बाहर ढीले क़दमों से डी.के. अपनी कार की तरफ़ आया तो चौंक गया। कार की पिछली सीट पर राहुल के साथ रिंकी और मिन्नी थे आगे इन्दू। रिंकी ने ख़ुशी से कहा।

''पापा, राहुल अब हमारे साथ ही रहेगा।''

बच्चों के चेहरे पे ख़ुशी दौड़ रही थी। मिन्नी ने झट कहा।

''मम्मी ने कहा है।''

बच्चों को इस तरह ख़ुश होते देखते हुए डी.के. ड्राइविंग सीट पर बैठते हुए इन्दू को देखा।

इन्दू ने भी उसे देखा। डी.के. ऐसे ही देखता रहा तो इन्दू ने टोका।

"यहीं बैठे रहोगे या घर भी चलोगे?"

बच्चे पीछे खेलने लगे। उनका शोर आज दोनों को बहुत अच्छा लग रहा था। डी.के. ने गाड़ी घर की तरफ़ चला दी।

●

मासूम

पात्र-परिचय

शबाना आज़मी : इन्दू
नसीरुद्दीन शाह : डी. के.
सुप्रिया पाठक : भावना
तनुजा : चंदा
सईद जाफ़री : सूरी साहब
जयराज : मास्टर जी
सतीश कौशिक : हरि तिवारी
उर्मिला : रिंकी
अराधना : मिन्नी
जुगल हंसराज : राहुल

प्रोड्यूसर : देवी दत्त, चंदा दत्त
डायरेक्टर : शेखर कपूर
संगीत : आर. डी. बर्मन
स्क्रीनप्ले, डायलॉग
और गीतकार : गुलज़ार

●●●